書下ろし

初代北町奉行 米津勘兵衛

弦月《げんげつ》の帥《すい》

岩室 忍

祥伝社文庫

目次

第一章　正月の酒

慶長《けいちょう》八年（一六〇三）二月十二日。

後陽成《ごようぜい》天皇は徳川家康《とくがわいえやす》に征夷大将軍《せいいたいしょうぐん》を宣下《せんげ》した。

同時に家康は右大臣に上階、牛車宣旨《ぎっしゃのせんじ》を下賜《かし》された。

天正《てんしょう》十六年（一五八八）一月に豊臣秀吉《とよとみひでよし》と足利義昭《あしかがよしあき》が参内して、義昭が征夷大将軍を天皇に返上してから十五年間、征夷大将軍は空席のままだった。

その空席に天皇は家康の奏上《そうじょう》を認め、大阪城《おおさかじょう》の豊臣秀頼《ひでより》ではなく、家康を征夷大将軍、左近衛大将《さこんえのだいしょう》に。嫡男秀忠《ちゃくなんひでただ》を大納言《だいなごん》、右近衛《うこんえの》大将に上階《じょうかい》させる。

ここに徳川幕府が誕生した。

その年も押し詰《つ》まった暮れになって、秀忠のお使番《つかいばん》米津勘兵衛田政《よねづかんべえただまさ》の溜池《ためいけ》愛宕下《あたごした》大名小路《こうじ》の米津上屋敷に江戸城《えどじょう》から上使《じょうし》が現れた。上使は大納言、右近衛大将秀忠の使いである。広間の主座《しゅざ》に立つと勘兵衛をにらんだ。

「上意であるッ！」

「ははッ！」

勘兵衛が平伏《へいふく》する。

「右大将さまからのご命令である。お使番米津勘兵衛は速《すみ》やかに伏見城《ふしみじょう》に登城すべし！」

「はッ！」

「上さまがそなたをお呼びだ」

「はい、将軍さまがそれがしに何か？」

「わからぬ。右大将さまは速やかにと仰《おお》せである。すぐ上洛《じょうらく》せよ。急げ！」

「はッ、ご上意、確かに承《うけたまわ》りましてございます！」

勘兵衛が畏《かしこ》まって上意を受けた。上使は緊張を解《と》き主座から下《お》りると勘兵衛の傍《そば》に寄った。

「途中雪になるぞ。気をつけて行け！」

「はいッ、只今《ただいま》から急ぎ伏見城へ参上仕《つかまつ》りまする！」

「右大将さまにそのように復命いたす」

上使が帰ると勘兵衛は家臣たちを広間に集め、上方《かみがた》に同行する者に用人《ようにん》の井上《いのうえ》宗右衛門《そうえもん》と近習《きんじゅ》三人を選んだ。一刻を争う時は大人数で移動はできない。身軽な方がいい。

「急ぐ旅だ。伏見城には正月までに登城しなければならぬ！」

「正月？」

「そうだ。もう日にちがない。すぐ出立《しゅったつ》する！」

近習で選ばれたのは望月宇三郎《もちづきうさぶろう》、青木藤九郎《あおきとうくろう》、彦野文左衛門《ひこのぶんざえもん》の三人の剣士だ。

この頃、征夷大将軍に就任した家康は伏見城にいて江戸には戻れなかった。右近衛大将の秀忠が江戸城を守っている。

家康が江戸に戻れないのは大阪城に豊臣秀頼や淀《よど》の方《かた》がいて、西国《さいごく》には豊臣恩《おん》顧《こ》の大名が多く、幕府ができても国情が安定しているとは言い難《がた》かったからである。

「上さまがお呼びとは？」

宗右衛門が心配そうな顔だ。

「わからん。兎《と》に角《かく》、支度をして伏見城に向かう。馬を出せ！」

宇三郎たちも心配そうだ。

「伏見城に行けばわかる。悪い話ではあるまい！」

勘兵衛は三河碧海米津村《みかわへきかいよねづむら》で生まれ、少年の頃に家康の小姓《こしょう》になったことで、家康に叱《しか》られるときの呼吸は心得ている。

この呼び出しは家康に叱られるためではないとわかる。

米津家は三河以来の徳川家の譜代《ふだい》の家臣だった。

小田原北条《おだわらほうじょう》家との戦いの後、秀吉の命令で家康が関東に移封《いほう》されると、勘兵衛は武蔵都筑《むさしつづき》、上総印旛《かずさいんば》、香取《かとり》、埴生《はぶ》などに五千石を拝領《はいりょう》、大身旗本《たいしんはたもと》として家康の後継者秀忠のお使番を務めてきた。

「宇三郎、急げ！」

「はッ、万事抜かりなくいたしまする！」

勘兵衛が家康に会うのもずいぶん久しぶりだ。

「喜与《きよ》、太刀《たち》は粟田口《あわたぐち》、脇差《わきざし》は五郎入道《ごろうにゅうどう》だ」

「はい！」

家康と対面する時の刀だ。粟田口国綱《くにつな》は家代々の名刀、五郎入道は岡崎《おかざき》五郎入道正宗《まさむね》で勘兵衛が家康から拝領した名刀中の名刀である。

この大小を腰にする時は勘兵衛が家康のために命を捨てる時だ。

そう勘兵衛は刀に誓っていた。

勘兵衛の妻の喜与はその覚悟を知っている。泣きそうな顔だが、口を結んで侍女のお幸《さち》と勘兵衛の着替えを助ける。

「一か月もしないで戻れるだろう」

「はい……」

「心配するな」

勘兵衛がニッと微笑《ほほえ》んだ。

五騎《ごき》が冬の装備で屋敷を飛び出したのは昼頃だった。

米津屋敷は増上寺《ぞうじょうじ》の方丈《ほうじょう》の傍《そば》にある。

勘兵衛は増上寺に一礼して馬を東海道《とうかいどう》に入れ西に向かった。東海道は日本橋《にほんばし》から三条大橋《さんじょうおおはし》まで百二十六里六町（約五〇四・七キロ）という。

通常十四、五日の道のりだが急ぎに急いで正月の挨拶《あいさつ》に間に合わせたい。

馬は上手に乗らないと乗り潰《つぶ》してしまう。そこが馬術だ。

三年前の慶長五年（一六〇〇）に家康が架《か》けた六郷橋《ろくごうばし》を渡って五騎は箱根《はこね》に向かった。この年は雪が遅く、富士山《ふじさん》は真っ白だが箱根まではまだきていなかった。

箱根峠《とうげ》を一気に越えて三島《みしま》に下りると駿府城下《すんぷじょうか》に向かった。

駿府城は今川義元《いまがわよしもと》の城で幼少の家康が人質になった城だが、天正十年（一五八二）に武田《たけだ》家が滅ぶと家康のものになり、天正十三年（一五八五）に家康が駿府城を作り直し天守閣《てんしゅかく》を持つ巨城に生まれ変わった。

駿府城下に入ると勘兵衛は伯父《おじ》の米津常春《つねはる》の屋敷《やしき》に泊まった。

米津常春は本多平八郎《ほんだへいはちろう》、井伊直政《いいなおまさ》、榊原康政《さかきばらやすまさ》などと共に、後に徳川家の十六神将《しんしょう》に数えられる大豪傑《だいごうけつ》だ。

勘兵衛の父米津政信《まさのぶ》は常春と兄弟で元亀《げんき》三年（一五七二）十二月、家康が武田信玄《しんげん》と戦って大敗した三方《みかた》ケ原《はら》の戦いで敗走する家康を守って討死《うちじに》している。

その政信の三男が勘兵衛だった。勘兵衛の兄の米津康勝《やすかつ》も旗本である。

「伯父上！」

「おう、勘兵衛、来たか？」

「ご無沙汰《ぶさた》いたしております。お元気そうで何よりにございます」

「うむ、京《きょう》に行くのか、帰りか？」

「これからまいります」

「そうか、右大将さまのお使いか？」

「いいえ、上さまのお召しにございます」

「呼ばれたか。何かしたのか？」

「格別に心当たりはございませんが……」

「そうか、上さまに呼ばれたら急いで行け！」

「はい！」

「一杯やるか？」

「頂戴《ちょうだい》いたします」

勘兵衛が常春と酒を飲むのは久しぶりだ。勘兵衛は大酒はやらないが酒を飲むのは嫌いではない。

「勘兵衛、江戸は大騒ぎだそうだな？」

「はい、どこもかしこも普請《ふしん》だらけにございます」

「うむ、賑《にぎ》やかでいいな？」

「まるで戦場のようでございます」

「天下一の城下になるのだから？」

「はい……」

「上さまは西国の外様《とざま》と大阪城のことがあって、駿府や江戸にはなかなか戻れないでいるのだ」

「まだしばらくは伏見城で天下の仕置きを？」

「そうなるだろう」

酒の膳《ぜん》が運ばれてくると二人でチビチビ飲み始めたが、大酒豪の伯父と一杯やって勘兵衛は早々に部屋へ引き取った。

「殿、伯父上さまから何か？」

「何もない。酒を飲んだだけだ」

「この度のお呼び出しは江戸や江戸城の普請に関係がありましょうか？」

宗右衛門や宇三郎たちは家康からの呼び出しが気になって仕方がない。江戸から伏見城まで出て来いというのは相当なことだ。

「宇三郎、今の江戸で普請に関係のないことなどあろうか。伯父上からもそんな話だった」

「はい、神田山《かんだやま》が崩《くず》されてほぼなくなったと聞きました」

「うむ、そうだ」

「日比谷入江《ひびやいりえ》に土が運ばれ埋《う》め立てられているとか？」

「江戸前島《まえじま》が陸につながるそうだ。今の江戸の勢いは、山を崩すのも海を埋めてしまうのも驚くことではない」

「はい……」

「風が吹くと江戸は埃《ほこり》だらけになる。それも日比谷入江を埋めているからだ。何《な》んとも埃っぽい」

「埋めた泥《どろ》が乾いて土埃になるからでしょうか？」

「うむ、江戸は埃っぽくていかんな」

勘兵衛は江戸が埃っぽくなって辟易《へきえき》している。ことに強い南風の吹く春がひどい。

江戸の屋敷を勘兵衛は溜池愛宕下大名小路に拝領したが、日比谷入江の土埃がその屋敷まで飛んできた。

風が強いと、埃で空が白くなるほどなのだ。家康が将軍になってその居城になった江戸城とその城下で天下普請が始まっていた。普請仕事を命じられたのは二十万石、三十万石以上の外様大名である。

勘兵衛は家康に呼ばれ、何をいい付けられるか皆目見当《かいもくけんとう》がつかなかった。どこからも漏《も》れ伝わってこない。

翌朝、まだ暗いうちに五騎は米津常春の屋敷を出て西に向かった。

江戸を出て初めてぐっすり寝た。

五騎が道を急ぎ島田宿《しまだじゆく》まで来ると、人々が大井川《おおいがわ》に向かって走って行く。

「殿ッ！」

「川止めになるから急いでいるのか？」

「走っているのは旅の者だけではないようです」

「うむ……」

「これはどうしたのだ？」

馬上から藤九郎が走って行く男に聞いた。

「喧嘩《けんか》だッ、河原で大喧嘩だッ！」

そう叫《さけ》んで男が走って行った。

「殿、川越しの喧嘩でしょうか？」

「そうかもしれないな」

「見てまいります」

「待て！」

勘兵衛は先を急いでいる。何があっても押し通るしかない。

このところ江戸で天下普請が始まってから、上方や西国の大名やその家臣が続々と江戸に集まってきて、東海道や中山道《なかせんどう》は武家で溢《あふ》れている。

そんな者たちの喧嘩だろうと思う。

「喧嘩が終わるのを待つ余裕はない。行くぞ！」

強行突破だ。

「文左衛門、その槍《やり》を貸せ！」

文左衛門が江戸から担《かつ》いできた槍を勘兵衛が握《にぎ》った。勘兵衛が馬腹《ばふく》を蹴《け》ると四騎が後を追った。川の土手に野次馬が集まっている。

大井川の広い河原に百人を超える人たちが東西に分かれてにらみ合っていた。時々小競《こぜ》り合いになっている。

一触即発《いっしょくそくはつ》、大乱闘になりそうな雲行きだ。

河原に荷車が十台ばかり並んでいて、どうもその荷車の渡河の渡し賃のことで話がもめたようだ。

ただで川を渡られては困る。この寒い冬には酒代ぐらいは欲しい。

川人足《かわにんそく》と荷車の人足の双方《そうほう》百人ばかりがにらみ合っている。

荷車を率いてきた武家が二十人ばかり、四半町（約二七メートル）ほど離れて喧嘩の成り行きを見ているだけだ。血を見る乱闘《らんとう》が必至のようだ。

「行くぞ！」

勘兵衛は短槍《たんそう》を高く掲《かか》げて、戦場に乗り入れるように道なりに馬を走らせた。その後を抜刀《ばっとう》した宇三郎、藤九郎、文左衛門の近習三人が追う。

用人の井上宗右衛門は算盤《そろばん》が得意で剣の自信はない。四騎とは少し離れて土手道をゆっくり下りて行った。

「引けッ、引けッ！」

双方が棍棒《こんぼう》を握ってにらみ合っている中に勘兵衛が乗り入れた。

「天下の東海道で喧嘩沙汰《ざた》とは不届きッ、双方引けッ！」

「うるさいッ！」

「仲裁《ちゅうさい》などいらんッ！」

「どきやがれッ！」

「威勢《いせい》がいいな。そなたら川人足だなッ、やるならわしが相手だッ、手足のいらぬものは前に出ろッ！」

「邪魔するなッ！」

血の気の多い男が棍棒を振り上げて勘兵衛に襲《おそ》いかかった。戦場では刀より槍だ。輪乗りをしながら勘兵衛が槍を振るった。男の肩がスパッと斬《き》れて鮮血が飛び散った。

「ギャーッ！」

　棍棒を放り投げて後ろにひっくり返る。

「野郎ッ、やりやがったなッ！」

「川人足をなめるなッ、やっちまえッ！」

　大井川の川人足は真冬でも褌《ふんどし》一丁の荒っぽい連中だ。

　喧嘩は寒さしのぎのようなものだ。

　仲間がやられて頭に血がのぼった十四、五人が、四騎を取り巻いて棍棒を振り上げている。

「野郎ッ！」

「叩《たた》き殺せッ！」

　次々と棍棒を振り下ろす。

「おのれッ！」

　藤九郎が馬腹を蹴って荒くれどもの中に馬を乗り入れる。

「殺すなッ！」

　勘兵衛が叫んで藤九郎に続いた。

　槍先で棍棒を薙《な》ぎ払い、槍の千段巻《せんだんまき》で向かって来る川人足の足腰を強烈に叩いた。次々と河原にひっくり返る。

勘兵衛は日銭稼ぎの川人足を傷付けるつもりはないが、大人数で襲いかかられてはそう暢気《のんき》なことも言っていられない。

左右からの攻撃に四人が馬を下りた。戦場往来の勘兵衛は強い。槍を振るって二人三人と叩き伏《ふ》せる。

長身の勘兵衛が頭上で槍を振り回すと、恐ろしい音がして川人足たちが怯《おび》えて尻込みする。

「命のいらない者は来いッ！」

勘兵衛が振り回した槍をピタッと川人足の眼の前で止める。

「ヒーッ！」

棍棒を投げ出して大男の川人足が尻もちをついた。

「さあッ、どこからでも来やがれッ！」

勘兵衛が大声で叫んだ。

近習三人も切っ先を返し峰《みね》にして荒くれを倒すが、川人足も次々と数が増えてくる。対岸の焚火《たきび》で体を温めていた川人足が、仲間が倒れるのを見て、傍の棍棒を握ると川に入り水飛沫《みずしぶき》を上げて走ってくる。

真冬の大井川は水量が少ない。そのかわり身を切るほど冷たい。

飛び散った水飛沫がそのまま凍《こお》りそうだ。

「野郎ッ、助っ人だッ！」

今度は荷車の人足が勘兵衛たちを助けに駆けつけて、たちまち両軍入り乱れての混戦になった。

「殺すなッ、殺すなッ！」

勘兵衛は七、八人を倒すと馬に飛び乗って「殺すなッ！」と叫びながら、乱闘の中を駆け回った。

「宗右衛門ッ、先に川を渡れッ！」

勘兵衛が命じる。するとうなずいた宗右衛門が馬腹を蹴って対岸に向かう。あちこちで殴り合いの乱闘になっている。

近習三人ではもう止められない。

そこに喧嘩を見ていた武家がバラバラと走ってきて、殴り合いつかみ合いを止めようと駆け回るが収まりそうにない。武家が一人、勘兵衛に近寄ってきた。

「ご助力、有り難く存ずる。ご姓名をお聞かせいただければ後日ご挨拶に……」

そう言って頭を下げた。

「勘違いするなッ。助勢したわけではないッ、将軍さまに呼ばれて伏見城までまいる途中だ。天下の東海道に邪魔だから蹴散らしたまでだッ！」

「伏見へッ、ご無礼仕りました。すぐ、すぐに取り鎮《しず》めまするッ！」

自分の怠慢《たいまん》に気が付いたようだ。その武家が慌てて混乱の中に走って行った。

勘兵衛の近習三人も右に左になかなか強い。

倒された川人足が河原に散らばっていた。荷車の人足も荒っぽい川人足に殴られて次々と倒された。あちこちでつかみ合いになっている。

「宇三郎ッ、もういいだろう。先を急ぐぞ！」

「はい！」

三人が馬に飛び乗ると勘兵衛を追って対岸に向かった。あちこちに焚火が燃えているが喧嘩で忙しく無人だ。勘兵衛が振り向くと河原ではまだ乱闘が続いていた。

「喧嘩の好きな川人足たちだ」

「この寒さでは喧嘩でもしないと気がすまないのです」

乱闘を見ていた宗右衛門が他人事《ひとごと》のように言う。

「死人が出なければいいが……」

馬腹を蹴って勘兵衛が土手に上がって行った。喧嘩に火をつけたのは勘兵衛だ。だが、遅かれ早かれ乱闘になっていただろうと思う。

「行こう！」

勘兵衛たち五騎が速足で金谷宿《かなやじゆく》に向かった。金谷宿を過ぎ日坂宿《につさかじゆく》、掛川宿《かけがわじゆく》、袋井宿《ふくろいじゆく》まで行くと、この袋井の宿場が東海道の中間である。

日本橋から五十八里三十五町（約二三五・八キロ）という。

東海道は家康が関東に入ってから、家康の大軍が京と江戸を行き来するため急速に整備された。

この遠江《とおとうみ》、三河は勘兵衛が生まれ、家康に育てられた郷里《きょうり》である。

だが、至急伏見城に登城しなければならない勘兵衛に、東海道から外れて米津村に立ち寄る余裕はない。

兎に角、正月までに伏見城下の徳川屋敷に入り、家康に新年の賀詞《がし》を申し上げることが大切だ。

江戸から伏見城まで呼ばれるには、それなりに何か重要なご下命《かめい》があるに違いない。そうでなければ何か咎《とが》められて切腹だ。

右大将のお使番として手落ちや不都合なことをした覚えはない。

今は幕府ができて一年も経《た》っていないのだから、何があってもおかしくないと思う。宗右衛門と近習三人はどうなることかと心配している。ご加増《かぞう》なら万々歳《ばんばんざい》なのだが、そんなうまい話はありそうもない。

逆に勘兵衛が切腹を命じられれば、勘兵衛を慕《した》って一緒に腹を切る四人だ。

五騎は大井川で手間取ったが、怒濤《どとう》の進撃で三河、尾張《おわり》、伊勢《いせ》と東海道を急いだ。雪から逃れられるかと思ったがそうはいかなかった。

伊勢亀山宿《かめやまじゆく》から鈴鹿《すずか》越えの近江甲賀土山宿《おうみこうかつちやまじゆく》で雪に見舞われた。江戸から百十里（約四四〇キロ）、京まで残り十六里（約六四キロ）のところで雪に襲われた。

近江の琵琶湖畔《びわこはん》は風が強く、雪が降れば吹雪《ふぶき》になる場所だ。湖東の草津宿《くさつじゆく》にたどり着けば京まではすぐだが、油断すれば、その湖東にもたどり着けず鈴鹿越えの雪の中で遭難《そうなん》しかねない。

運よく吹雪にはならなかった。

蓑《みの》を二枚、三枚と着て五騎は雪まみれになって真っ白な中に突進する。鈴鹿越えで手間取ると正月に間に合わなくなると思われた。だが、無理をすれば道を失い雪の中で遭難する。

土山宿の辺りは古くから鈴鹿越えの難所とされた。

鈴鹿馬子唄《まごうた》に「坂は照る照る鈴鹿は曇るあいの土山雨が降る」と歌う。真冬の鈴鹿越えは人の命を奪う。

「寒くないか？」

「はい！」

「馬上で眠るな。前の馬に続け、行くぞ！」

五騎は一列になって雪の中に突っ込んでいった。一里も行かないで五人は雪だるまになったがそれでも突進する。

水口宿《みなくちしゆく》を過ぎて石部宿《いしべじゆく》に到着、関東に下るときは「京立ち石部泊まり」という。この石部は信長《のぶなが》が定めた宿場だ。

「京まで一気に行くぞ！」

強行軍の五騎が湖東の草津宿に急いで向かった。雪は山よりは和《やわ》らいだが降り止まない。京七口《きようのななくち》の粟田口《あわたぐち》に向かうと雪が少しずつ降り止んできた。

もう夜になっていた。

いちだんと冷えてくる。五騎は蓑や馬上の雪を振り落とし、京には入らず髭茶屋《ひげちややおいわけ》追分で東海道から伏見街道に入った。山科追分《やましなおいわけ》ともいう。

伏見城下の徳川屋敷に夜半前に勘兵衛一行が到着した。大晦日《おおみそか》の夜で間もなく慶長九年（一六〇四）の年が明ける。

「間に合ったぞ！」

正月元日の朝早く、米津勘兵衛が江戸から出仕して、城下の屋敷に控えていることを伏見城に届け出た。すると「登城すべし！」という返答だった。

正月で家康は賀詞を受けるため忙しいはずだ。

それなのにすぐ登城しろとは、滅法《めっぽう》急ぐ話ではないかと驚きながら登城の支度《したく》を始めた。外はまだ暗かった。

宗右衛門たちは心配顔で支度を急いでいる。

「殿、どのようなご用でございましょうか？」

そわそわと誰もが落ち着かない。

「心配するな、宇三郎。登城すればわかることだ」

万一、家康に叱られたら五郎入道正宗を返上して、勘兵衛は腹を切る覚悟だ。

「はい、正月で城は挨拶の人々で混雑しておりましょうか？」

「そうだな、そっちのほうが心配だ。どれだけ待たされるか、待つのも一刻《とき》（約二時間）ほどで済《す》めばいいがな……」

常でも家康に会うには一刻や一刻半（約三時間）は待たされるのは当たり前、

場合によっては半日、一日待たされることも少なくない。

いくら待たされても会えればいいが、待たされた挙句《あげく》に、明日などと言われて会えないことも多いのだ。

「殿、正月に一刻でお会いできるなど無理にございます」

「やはりそうか、半日がかりか？」

「朝に登城しても、下がるのは夜になるかもしれません」

「そんなにか？」

「はい、正月でございますから……」

「よし、すぐ登城しよう！」

急遽《きゆうきよ》、まだ暗い早朝の登城が決まった。家康に会うのは大仕事なのだ。

明け六つ（午前六時頃）前に、勘兵衛一行は伏見城の城門に走った。

ところが、家康に正月の挨拶を願い出る者が、何人も白い息を吐《は》きながら並んで待っている。

前が詰まっているのは、公家《くげ》や大名の挨拶日のようだ。

城内に入ると予想通り勘兵衛は待たされた。

それでも家康との面会は早い方で、一刻も待たされないで家康の近習に呼ばれた。特別扱いのようで勘兵衛が緊張する。

近習について行くと広間に入った。多くの家臣や客が広間に居並んでいる。

「米津勘兵衛田政殿にございます！」

近習が家康に告げた。

「勘兵衛ッ、よく来たな……」

家康はニコニコと上機嫌だ。ホッと一安心。

正月の祝い酒を飲んでいるようで顔が赤い。勘兵衛は部屋の入り口に座って平《へい》伏《ふく》した。来るべきではない場所に来てしまったようだ。

「征夷大将軍へのご就任、謹《つつし》んでお喜び申し上げまする。また、新年の賀詞を謹んで申し上げまする！」

「勘兵衛ッ、挨拶など無用だ。そなたには大切な用向きがあるのだ」

「ははッ！」

「そこでは遠い、もっと寄れ……」

扇子《せんす》で家康が傍によれという。こういう時は機嫌がよく、何か重要な話がある時だと決まっている。

「米津殿、遠慮なくここまで進まれよ」

「はッ！」

本多正信《まさのぶ》に促《うなが》されて扇子の示すところに寄った。

「勘兵衛、もそっと寄れ……」

「はッ！」

勘兵衛は膝《ひざ》で歩いて家康から二間（約三・六メートル）ほどのところまで進んで平伏した。

「江戸から大儀《たいぎ》であったな。正月の酒だ。一献《いっこん》やれ……」

「はッ、有り難く頂戴いたしまする」

家康は自分が育てた勘兵衛にはいつもやさしかった。三方ケ原で家康の身代わりになった父政信を勘兵衛は思い出す。

少し大きめの盃《さかずき》に近習が酒を注《つ》いだ。有り難く正月の酒を頂戴した。家康が何を言うのか集まった人々が待っている。征夷大将軍の言葉だ。

勘兵衛は正月の祝酒を呑《の》み干し、盃を伏せて膳に置いた。

家康の命令を聞くためだ。

「結構なご酒《しゅ》を頂戴いたしました」

「うむ、ところで勘兵衛、江戸は日に日に大きくなっておる。今は天下普請で大名家の家臣や人足でごった返しているそうだな？」

「御意《ぎょい》、早々と神田山がなくなりましてございます」

「そうか、だが、江戸はまだまだこんなものではないぞ。十倍にも二十倍にも大きくなる。それも急にだ」

「はッ！」

「そこでな勘兵衛、人が集まると厄介《やっかい》なのが治安だ。江戸が大きくなればどんな人間が紛《まぎ》れ込んでいるかわからぬ。そうであろう？」

「はい、全国から色々な者たちが集まってきておるようでございます」

「これからまだまだ人が集まる。どんな人間でも呑み込まなければ城下は大きくはならんのだ。江戸はこの国で一番大きな城下になる」

「はッ！」

「これまで江戸の町奉行は内藤修理亮《ないとうしゅりのすけ》や青山常陸介《あおやまひたちのすけ》などが務めていたが、これからは江戸に南北二つの奉行所を置いて、治安を取り締まり訴訟などを扱うようにしたい」

「はい……」

勘兵衛は家康が何を言いたいのだろうと思った。すると傍の本多正信が口を開いた。

「米津殿、上さまは江戸の初代北町奉行を、その方《ほう》に申し付けるとの仰せである。神妙にお受けするがよい！」

正信が言って家康に一礼した。

その時、勘兵衛はとんでもないことになったと思った。江戸の町奉行は家康が言うように板倉《いたくら》、彦坂《ひこさか》、青山、内藤など譜代《ふだい》の大名たちが務めてきたお役目だ。将軍、老中《ろうじゅう》に次ぐ幕府の重職なのだ。幕閣《ばつかく》である。

「はッ、恐れ多いことにございまする。身命を賭《と》して相努めまする！」

そう挨拶して勘兵衛は家康に平伏したが不安だらけだ。

幕府が始まって初めての重大な抜擢《ばってき》だ。

これまで江戸の町奉行は、万石《まんごく》の大名が務める仕事だと思われていた。それを五千石の旗本に命ずるという大きな変革だ。

家康はこれから必要になる幕府の人材を探していた。

幕府はできたが老中がいるだけで、大目付《おおめつけ》も若年寄《わかどしより》も目付もまだなく、町奉行は老中に次ぐ重職なのだ。

「ところで勘兵衛、江戸の治安を守るのに何が大事だ？」

家康がいきなり聞いた。

「治安を守るのに大切なこと？」

突然聞かれて勘兵衛は戸惑った。だが、家康は小姓だった頃の勘兵衛の機転を知っている。

「そうだ。江戸はこれから新しく作る城下《じょうか》だ」

「はい……」

「米津殿、思い当たることがあるであろう。遠慮なく上さまに申し上げろ！」

「はッ！」

急な家康のご下問《かもん》に勘兵衛は戸惑い本多正信に急《せ》かされた。正信は老中で、町奉行になれば勘兵衛が正信の次の席に座ることになるのだ。

眼が眩《くら》みそうな出世になる。

「上さま、江戸の治安を守るには色々考えることがございますが、まず、大切なことは笠《かさ》かと存じまする」

「笠？」

家康が不思議がって正信を見た。何んとも珍妙《ちんみょう》な答えだ。家康の懐刀《ふところがたな》の正信は満座《まんざ》の中で明らかに戸惑っている。

「米津殿、その笠とは頭にかぶる笠のことか？」

「はい……」

「その笠がどうしたというのだ？」

正信は怒った顔だ。

「上さま、盗賊や野盗《やとう》など悪人というものは、こそこそと顔を隠して悪さをします。江戸の中では笠をかぶることを禁じます」

「ほう、勘兵衛はおもしろいことを言うのう。江戸の中ではすべての者に顔を晒《さら》させるということか？」

「御意、人は顔を晒して悪事はできないかと存じまする」

家康がにやりと笑った。

「正信よ、うぬの悪人顔を江戸で晒すことになるな？」

ムッとした顔の正信が言い返した。

「上さま、上さまもこの佐渡《さど》に負けず、どうしてなかなかに……」

「ふん……」

家康が喜んで鼻で笑った。家康は悪人といわれることを嫌いではない。

「勘兵衛、余《よ》の笠はどうなる？」

「将軍さまといえども例外はございません」

「米津勘兵衛、上さまを盗人《ぬすつと》と同じにする気かッ！」

遂《つい》に本多正信が怒った。家康に悪人と言われて怒っている。

「正信、勘兵衛を叱るな。天下を盗んだ大泥棒はこの家康よ。そなたはその片棒を担いだ極悪人だ。顔を晒すのは当たり前のことだろうが？」

「上さま……」

滅多に笑わない仏頂面《ぶつちようづら》の正信が、これはもう駄目だと気持ち悪くニヤリと笑った。家康が勘兵衛の機転の利《き》いた答えを気に入ったのだ。

「上さま、雨傘と陣笠《じんがさ》は例外にいたしまする」

「うむ、そうか、陣笠はいいか、それは武家が助かるな？」

家康は珍妙なことだがおもしろいと思っている。こういう人を食ったような施《し》策《さく》が新しい城下には必要だ。寝ぼけ、とぼけている人々に喝《かつ》が入る。

「それではご許可を？」

「うむ、江戸の内で笠をかぶることを禁ずるのはよい考えだ。許す」

「畏まってございまする！」

家康は大いに気に入った様子で、正月の酒をもう一献どうだと勘兵衛に勧《すす》めるほど上機嫌だ。

　鶴の一声で、江戸城下を歩く者は全て顔を晒すことが決まった。

「南町の奉行はまだ決まっていない」

「はッ！」

「決まり次第、江戸右大将から知らせる」

「承知いたしました！」

　家康は自分の眼に狂《くる》いはなかったと、米津勘兵衛を初代北町奉行に選んだことに満足なのだ。江戸右大将とは勘兵衛が仕《つか》える家康の嫡男秀忠のことだ。

　家康が征夷大将軍になった時、秀忠は右近衛大将に就任、それで江戸右大将とか右大将と呼ばれている。

「江戸を頼むぞ、勘兵衛！」

「ははッ、身命を賭して相努めまする！」

　将軍家康にとって、江戸の治安を誰に任せるかは大きな問題だった。

　それで白羽《しらは》の矢を立てたのが、三河以来の譜代で幼い頃から賢く、手元で育てた気に入りの米津勘兵衛なのだ。

　勘兵衛は、上機嫌の家康から三献まで正月の酒をいただいて城を下がった。それを落ち着かない家臣たちが待っていた。

「殿、上さまからどのようなお話を？」

宇三郎は気になっていたことを勘兵衛に飛びつくようにして聞いた。ただ、勘兵衛の顔色が悪くなかったので安心している。

「江戸の町奉行だ」

「江戸の、江戸の町奉行にございますかッ？」

彦野文左衛門が驚いて聞き返した。

家臣には信じられない大抜擢の大昇進だ。できたばかりの幕府から最も大きくて重要な役目をもらったことになる。

「そうだ。上さまは江戸の北と南に奉行を置くと仰せられた」

「それで殿は？」

「うむ、北町だ」

「初代北町奉行ッ？」

「そういうことだな……」

「殿、お奉行にご就任、おめでとう存じまする！」

青木藤九郎が祝いを言った。

「おめでとうございます！」

宇三郎が祝いを言う。話を聞いていた彦野文左衛門も祝いを言った。米津家の勘定《かんじょう》方で用人の井上宗右衛門はどうなることかと仰天《ぎょうてん》している。

勘定高い宗右衛門の頭に町奉行の役料《やくりょう》がいくらなのか浮かんだ。勘定方としては、どれぐらいの役料が入るかは重大なことだ。

「江戸へ戻れば忙しくなるぞ。めでたいか、めでたくないかはそれからだ」

「はいッ！」

江戸町奉行は寺社《じしゃ》奉行、勘定奉行と並んで大出世だ。当然、旗本八万騎の中でこの役に就任するのはただ一人で、勘兵衛が初めてになる。

その格式は老中に次ぐ高位だ。

幕府の評定にも出ることができ、それは幕政にも参与するということなのだ。

その責任は、家康が江戸を頼むといったように実に重い。

五人は晴れ晴れした気分で伏見城から下がった。

「宇三郎……」

「はッ！」

「上さまから、江戸の中では笠をかぶってはならぬというお達しの許可をいただいた」

「笠を？」

どうしてという顔で藤九郎が馬上の勘兵衛を見上げる。

「江戸に入ったら、身分の上下を問わず顔を晒させるのだ。こそこそできないようにな……」

「はい、顔を晒す……」

「どういう意味かわかったか藤九郎？」

「はあ、顔を隠して悪事を働かないように、ということでしょうか？」

藤九郎が勘兵衛に聞き返した。

「そうだ。顔を晒すのを嫌うのが悪人だからな」

「悪事は顔を隠してこそこそとやるものと？」

「そういうことだ。顔を隠すような者はどこか後ろめたいことをしているのよ」

「江戸に戻りましたら早速に笠の禁止を？」

「うむ、例外はない。厳しく取り締まれ。顔を隠そうとする者は許すな。ただし、陣笠と雨傘は例外だ」

「はッ、承知いたしました」

勘兵衛一行は、その日のうちに旅支度をして伏見を離れた。大急ぎの帰還《きかん》だ。
これからやるべきことは山のようにある。

第二章　悪人の顔

伏見から東海道を東に向かった勘兵衛一行は大井川までは順調だったが、勘兵衛に痛い目にあわされた川人足たちは、戻ってきた勘兵衛たち五騎を通してなるものかと囲んだ。

「野郎ッ、よくもやりやがったなッ！」

棍棒を握って勘兵衛の前に立った男が吠《ほ》えた。

「こいつだ！」

「きっちり、挨拶してもらおうじゃねえか。許さねえ！」

「大井川の川人足をなめるんじゃねえぞッ！」

荒くれどもはいつも威勢がいい。それぐらいの元気がなくては真冬の川渡しなどできない。

「怪我《けが》したのは何人だ？」

「何人だと？」

勘兵衛はもう喧嘩をするつもりはない。天下のお奉行になるのだ。

「仕事を休んでいるのは二十五人だ！」

「そうか、一人一両の見舞金で話し合わないか？」

「い、一両？」

「うむ、どうだ？」

「と、殿ッ、一両は多過ぎます。そのような大金はありません。二分《にぶ》、二分だ。おい、お前たち、二分だぞ。二分で話し合おう！」

「なんだおめえ？」

「わしは勘定奉行だ！」

「勘定奉行？」

宗右衛門が大げさに勘定奉行だという。

「殿さまが一両って言ったじゃねえか？」

「そうだが、二十五両もの大金は持ち合わせていない。一人二分で十二両二分だ！」

「おめえ、けちるんじゃねえよ。二十五両、びた一文欠けても大井川は渡れねえからな？」

「そんなこと言ってもない袖《そで》は振れんぞ！」

銭のことになると宗右衛門は厳しくなる。荒くれの川人足を相手に一歩も譲《ゆず》らない。

「二十五両と十二両二分ではだな……」

川人足が両手を広げて厄介な勘定をする。

「十二両二分は半分じゃねえか？」

「そうだ、兎に角、一人二分の見舞金だ。それでも十二両二分は大金だぞ」

「みんなどうする？」

「二十五両の方がいいだろう、違うか？」

「そうだ。一人一両だ！」

そんな川人足と宗右衛門の交渉を、勘兵衛と三人の近習が笑いながら見ている。

「宇三郎、焚火にあたるか？」

「はい、川の傍はいっそう寒いようです」

「うむ……」

勘兵衛が馬から下りた。人足たちが座っていた石に腰を下ろして火に手をかざす。交渉は長引きそうだ。川を渡ってくるとブルブル震えながら、男が焚火に跨《また》がるようにして体を温める。

「大変な仕事だな？」

「へい、冬はいつもこんなもので……」

「そうか、雪の日もあるだろ？」

「雪も怖いが北風の強いのがたまらねえ……」

「なるほどな……」

「殿さまは江戸の人かい？」

「うむ、江戸の旗本だ」

「将軍さまの家来か？」

「そういうことだ」

「殿さま、この寒さだ。あっしらに酒代を弾《はず》んでくださいな」

「酒代？」

「飲まねえと死にそうだ」

「そうか、宇三郎、宗右衛門に酒代を出せと言え……」

「はい！」

宗右衛門と川人足の話し合いは見舞金が十二両二分に、酒代三両を別に川人足たちに出すことになって決着した。酒を飲めることになって、荒くれの川人足たちが了承したということだ。

「殿さま、すまねえ、遠慮なく酒を馳走《ちそう》になりやす」

「うむ、そうしてくれ、この寒さだ。川に入る時は気をつけるんだぞ」

「へい！」

宗右衛門は川人足に十五両二分を渡した。

「殿さま、お名前を？」

「わしか、江戸の旗本で名無しの権兵衛《ごんべえ》だ。また会おう！」

焚火で温まった勘兵衛たち五騎が大井川を押し渡って出立した。

駿府城下で伯父の常春に江戸の北町奉行になると報告、常春は「お前を選ぶとはさすが上さまだ」と大よろこびする。

勘兵衛たちは泊まらずに箱根に向かった。ところが箱根峠で大雪に見舞われ、再び雪だるまになって箱根の温泉に逃げ込んだ。

その宿には先客がいた。

「殿、離れに大久保長安《おおくぼながやす》さまが湯治《とうじ》をしておられるとのことにございますが？」

部屋に案内されて一息ついていると、宿の離れに大勢の武士がいたので、青木藤九郎が驚いた顔で飛び込んできた。

「ご老中の大久保さまが湯治を……」

「誰に聞いた？」

咎めるように宇三郎が聞く。

大久保長安といえば家康に信頼され、八王子《はちおうじ》に八千石の知行《ちぎょう》というが実高《じつだか》は九万石、その上に、徳川家の直轄《ちょっかつ》領地百五十万石の支配を任されている。

家康自慢の重臣《じゅうしん》だ。

それだけでなく、全国の金山銀山を任され、石見《いわみ》奉行、佐渡奉行、大和《やまと》代官、美濃《みの》代官、伊豆《いず》奉行や甲斐《かい》奉行など多くの役を兼務、江戸幕府最初の勘定奉行で、四年前から老中も兼務し、家康の六男松平忠輝《まつだいらただてる》の付家老《つけがろう》も務めている。

化け物といわれる老人だ。

まさに八面六臂《はちめんろっぴ》の活躍で、江戸幕府に大久保長安なくば夜が明けないという。

外様でありながら家康に信頼され、誕生したばかりの幕府の最高実力者にのし上がった男だ。

家康の征夷大将軍宣下と同時に、長安は石見守に叙任《じょにん》、その上、幕府の老中と勘定奉行に就任した。

人々はこの怪物を天下の総代官と呼んでいる。

六十歳になる老人だが側室が八十人いるという。

恐ろしい男だ。

全国の金銀山から産出する黄金を幕府に収め、家康の死後の遺産金は六千五百万両という。

そのほかにも、長安は数百万両の黄金を隠し持っていると噂《うわさ》されている。それがやがて悲劇を呼ぶことになる。米津家も巻き込まれるのだ。

まさに江戸幕府を一人で支えているといわれる男だ。

その大久保長安は甲斐の武田信玄が育てた大蔵《おおくら》流の猿楽師《さるがくし》だった。

信玄が見抜いた才能だ。

徳川幕府で徳川家の親藩《しんぱん》や譜代ではなく、外様から老中になったのは、二百六十年の幕政の中で大久保長安ただ一人である。

数字に明るく天才の頭脳を持ち豪胆《ごうたん》で、海千山千の金銀山の山師たちや荒くれ金掘衆《かなほりしゅう》を、ジロリひとにらみで震《ふる》え上がらせた。

どんな暴れ山の命知らずの金掘衆でも、金銀山を知り尽くしている大久保長安という男だけは尊敬している。

勘兵衛は、大久保長安が関東代官頭《がしら》の時に何度か一緒に仕事をしたことがある。街道を整備して一里塚を作ったのも、一間を六尺（約一・八メートル）と定めたのも大久保長安なのだ。

家臣たちの妬《ねた》みやっかみを警戒、さすがの家康も外様の大久保長安に万石は与えられず、八王子に八千石の領地を与えた。

だが、実はその北条家の領地の実高は九万石あるといわれているのだ。

長安が兼務する役職の役料だけでも一万石を越えている。勘兵衛が今度就任する町奉行職の役料は千俵というのが決まりだった。

長安は領地の八王子に旧武田の下級武士を集めて、八王子五百人同心《どうしん》を作り、やがて千人同心へと育て上げる。

八王子には武田信玄の娘松姫《まつひめ》がいて、信松尼《しんしょうに》という。大久保長安や千人同心の心の支えになっていた。

勘兵衛は大久保長安のことをよく知っている。

「宇三郎、宿の主人に大久保石見守さまの離れに案内してくれるよう頼んでまいれ……」

「はッ、早速に！」

しばらくすると宇三郎が宿の主人を連れて戻ってきた。

「殿、大久保さまがお会いになられるとのことにございます」

「そうか、主人、案内を頼むぞ」

「はい！」

勘兵衛は宇三郎を連れて宿の主人に案内された。既《すで》に、部屋の廊下に長安の家臣たち十数人が出て並んでいる。

「米津勘兵衛さまにございます」

「ご苦労さまです。殿がお待ちにございます」

長安の家臣が勘兵衛に頭を下げる。部屋に入ると、主座に天下の総代官が座って酒盛りをしていた。

「おう、勘兵衛殿、ずっと近くに……」

「はッ、ご老中さまにはお休みのところをお騒がせいたしまする」

「構わぬ、構わぬ。堅苦しい挨拶は抜きじゃ、まずは一献……」

「遠慮なく頂戴いたします」

上機嫌の長安が盃を勘兵衛に渡すと、親しげにニコニコと自ら酌をした。

「常春さまは達者だそうだな？」

「はい、八十一歳になりましてございます」

「おう、そんなになるか……」

長安が聞いた常春とは例の勘兵衛の伯父で、徳川家十六神将の一人といわれ、酒井忠次《さかいただつぐ》、本多忠勝《ただかつ》、榊原康政、井伊直政など徳川四天王の次に名を連ねる豪傑だ。

その常春の子の米津正勝《まさかつ》は大久保長安と非常に親しく、この数年後に吹き荒れる大久保長安事件に巻き込まれ家康に処分される。

そのため、米津宗家《そうけ》は断絶し滅亡することになる。

「江戸に下《くだ》るそうだが？」

「はッ、伏見城にて将軍さまより江戸町奉行を仰せつかりましてございます」

「おう、そうか、江戸が急に大きくなって、南北の奉行に分けると聞いたが、勘兵衛殿であれば適任じゃな。して？」

「北町奉行にございます」

「初代北町、なるほど、ご苦労だ。江戸は今の五倍、十倍の大きさになると将軍さまは思っておられるのだ」

「はい……」

「実際はそれ以上かもしれない」

「それほどに?」

「うむ、それも急激にそうなる。人、物、銭《ぜに》が集まれば城下はすぐ大きくなる。町奉行の仕事も際限なく増えるぞ」

「はい、覚悟はしております」

「幕府はないものづくしだ。すべてがこれからよ」

長安の言うように、大目付や若年寄の制度はできていない。

老中の次がいきなり町奉行なのだ。

大久保長安は天下の総代官として、黄金とその人、物、銭を握っている。その城下を取り締まるのが町奉行だ。

この時の老中は大久保長安の他に、大久保忠隣《ただちか》、本多忠勝、本多正信、内藤清成《きよなり》、青山忠成《ただなり》、榊原康政、成瀬《なるせ》正成《まさなり》、安藤直次《あんどうなおつぐ》、村越直吉《むらこしなおよし》、本多正純《まさずみ》の十一人体制だった。

急作りの老中だ。

徳川家の歴々の譜代大名が並ぶ中に、外様の大久保長安が大名でもなく八千石でポツンと一人いる。

将軍になっても伏見城からなかなか動けない家康と、江戸にいる後継者の右大将秀忠を支える幕府の重臣たちだ。

「ご老中は西へ？」

「うむ、持病の通風《つうふう》でな、ゆっくり養生《ようじょう》をしてから、甲斐の身延《みのぶ》金山、黒川《くろかわ》金山を廻《まわ》って八王子に戻るが、三月には江戸城に戻る予定だ」

「それでは、江戸城にてお目にかかることになります」

「うむ、そうだな。江戸に人が溢れると悪人も入り込んでくる。その不埒者《ふらちもの》から城下を守る治安がなにより大切だ。そこが頭の痛いところなのだ。勘兵衛殿の仕事はとても大切ですぞ」

「はい、悪人どもの入れない城下にすることが肝要《かんよう》にございます」

「何か策があるのか？」

「策というほどのことではございませんが、江戸城下では誰にも笠をかぶらせない。全《すべ》ての人が顔を晒すことにしたいと将軍さまに申し上げました」

「ほう、それはおもしろいな、実におもしろい。それで将軍さまは何んと？」

「やってみろと仰せになられまして……」

勘兵衛が照れるようにニッと笑った。

「うむ、おもしろい、是非やってもらいたい。悪人は顔を隠したいものよ、それに人別調《にんべつしら》べと持ち物調べが加わると、悪人どもは江戸城下には入れなくなるな？」

「はッ、そのようにしたいと思っております」

「身分にかかわらず、容赦しないことだ。初めは不満も出るだろうが、いずれそれが当然ということになる。江戸では万人が顔を晒して歩くとは実に良い考えだ。なるほど、なるほど、実に愉快《ゆかい》な話だ」

長安は大いに納得して勘兵衛に支援を約束した。

「評定で会おう」

「はい、ご老中には厄介をおかけいたします」

「気になさるな。上さまのご下命こそ大事、油断なく相努められますように、いくらでも支援をしましょう」

「有り難い仰せにございまする」

勘兵衛は長安に挨拶して部屋に引き取った。

この時、大久保長安は、持病の通風がひどく痛んで金山廻りを中断して養生していたのだ。

いつもの金山廻りであれば家臣を百五、六十人ほど連れ、遊女なども七、八十人を連れた大行列で歩くはずだ。

この時は家臣三十数人の小さな行列だった。

飛ぶ鳥を落とす勢いの天下の総代官にしては珍《めずら》しい。大久保長安とは何んとも不思議な男だった。

翌朝、雪が晴れると勘兵衛一行は、暗いうちに宿を出て急いで江戸に向かった。

江戸に入ると雪がない。

その江戸は寝正月が過ぎてどこも人が出て賑やかだ。

前年の慶長八年から天下普請が始まっていて、神田山を崩して日比谷入江の埋め立てが始まり、江戸城の普請もあちこちで行われていた。

石壁《せきへき》は細川忠興《ほそかわただおき》、池田輝政《いけだてるまさ》、加藤清正《かとうきよまさ》、前田利常《まえだとしつね》、福島正則《ふくしままさのり》など、天守台《てんしゅだい》は黒田長政《くろだながまさ》、石垣は藤堂高虎《とうどうたかとら》、山内一豊《やまうちかずとよ》など、本丸は毛利秀就《もうりひでなり》、吉川広正《きつかわひろまさ》などすべて外様大名に分担されていた。

早くも江戸は、京や大阪を越えそうな勢いになっている。

勘兵衛が幕府の重臣との面会を求めると、老中から二月一日に登城するようにと命じられた。

「宇三郎、登城の供揃《ともぞろ》えは十五人でよい……」

「承知いたしました」

五千石の旗本にしてはいつも質素で、これまで勘兵衛が出かける時は五、六人だけということが多い。供揃えが十五人というのは、宇三郎の知る限り初めてのことだ。だが、町奉行の正式な登城の格式は二十五人から三十人というところである。

まだ正式の奉行ではない。

勘兵衛が登城すると、江戸城内はどこもかしこも普請中だった。作庭《さくてい》も大規模で木々どこに使うのか、あちこちに大量の大石が転がっている。

本多平八郎忠勝が機嫌よく勘兵衛を扇子で傍に呼んだ。

「おう勘兵衛、伏見に行ってきたそうだな。まずはここに座れ！」

が支柱に支えられて立っていた。

「将軍さまは元気だったか？」

「はい、ご機嫌麗《うるわ》しく……」

「そうか、常春殿も元気か？」

「はッ、伯父はこの正月で八十一歳になりまして益々壮健《そうけん》にございます」

「八十一になられたか、それはめでたいのう」

部屋には平八郎の他に大久保忠隣、内藤清成、成瀬正成の三人の老中が座っていた。

年が明けて平八郎は五十七歳になり、四人の中では最も年長である。忠隣は五十二歳、清成は五十歳、正成が最も若く三十八歳だった。

「勘兵衛、上さまから町奉行の話があったな？」

忠隣が聞いた。

平八郎も忠隣も頑固《がんこ》一徹《いってつ》の三河武士で、戦いでは一騎当千《いっきとうせん》だが、政治向きのことは得意ではない。

「はい、北町奉行を仰せつかりましてございます」

「うむ、それでな、大納言さまから呉服橋《ごふくばし》御門内に町奉行の屋敷を賜《たまわ》る。溜池の屋敷はそのままだ。役所として使える広い屋敷だ。少し手直しが必要だそうだ」

「はッ！」

大納言とは右大将秀忠のことだ。二十六歳になり家康が不在の江戸城を一人で守っている。

「それに町奉行の役料だが千俵が決まりだ。それから評定にも出てもらうぞ」

「はッ、畏まってございます」

「上さまから何か格別にお言葉はあったか？」

「はッ、江戸城下では誰も笠をかぶらず、顔を晒して歩くようにしたいと言上《ごんじょう》いたしましたところ、おもしろいと仰せになられましてございます」

「勘兵衛、江戸では誰も笠をかぶるなということか？」

「はい、悪いことをする者は顔を隠したがるものにて、そのように申し上げましたところ、分け隔てなく厳しくやるようにとの仰せにございます」

「それは、わしもか？」

「将軍さまも分け隔てなくと……」

大久保忠隣が聞き、戸惑ったような顔で勘兵衛をにらみ、傍の平八郎と清成を見て考えを確かめようとする。すると平八郎がニッと笑った。

醜男《ぶおとこ》が笑うと気持ち悪く不気味《ぶきみ》だ。

「勘兵衛はおもしろいことを言う。江戸では誰も笠をかぶるなとはいい考えだ。

顔を隠すような者はろくな者ではないからな」

「はい、そのように思います」

「それがしも本多さまと同じ考えでござる」

　内藤清成が同調した。

「この江戸では誰もが顔を晒すのは良いことにございます」

　成瀬正成も勘兵衛を支持した。

「数日前、箱根にて大久保石見守さまにお会いいたしました。石見守さまもおもしろいとのことにございました」

「そうか、箱根で会ったか……」

　忠隣が納得したようにうなずいた。

　大久保長安は、家康の命令で大久保忠隣に預《あず》けられ、その与力となって大久保の姓を名乗った。それまでは甲斐で名乗った土屋《つちや》のままだった。

　その長安が同意なら忠隣に否《いな》やはない。

「陣笠や雨傘は別儀《べつぎ》にしたいと思いまする」

「うむ、承知した。なお、南町奉行は人選中だが近々決まろう。前奉行の内藤殿と青山殿から引き継ぎをしておくように……」

「承知いたしました。内藤さま、よしなにお願い申し上げます」

「いつでも……」

内藤清成が承知した。

江戸町奉行を務めた内藤清成と青山忠成の二人は、三河岡崎《おかざき》の生まれで家康に仕え、右大将秀忠の傅役《もりやく》を務め大名となり老中になった。

家康が関東に移封されると、徳川軍の先鋒《せんぽう》、若き鉄砲隊長として関東に入ってきた。

そんな時、鷹狩《たかが》りに出た家康が「清成、この原っぱを馬で乗り回して見ろ、その土地をすべてそなたにやる」と命じた。

喜んだ清成は駿馬《しゅんめ》の白馬を引き出し、代々木《よよぎ》村一帯を駆け回って家康のもとに戻ってくると、白馬がバタッと倒れてそのまま息絶えてしまう。

清成が白馬で駆け回った範囲は、二十数万坪という広大なものだった。約束通り家康はその土地を清成に与えた。

そこに内藤家の下屋敷が建てられる。

ところが、その領地内を通る甲州街道《こうしゅうかいどう》は、日本橋《にほんばし》小伝馬《でんま》町を出立すると次の宿場が、高井戸宿《たかいどしゅく》で江戸から四里（約一六キロ）と遠かった。

江戸日本橋小伝馬町から各街道の第一宿はほぼ二里（約八キロ）で、東海道の品川宿《しながわしゆく》、中山道の板橋宿《いたばししゆく》、奥州《おうしゆう》街道（後に日光街道も）の千住宿《せんじゆしゆく》もそれぞれ二里だった。

高井戸宿だけが遠い。

そこで、幕府に日本橋と高井戸の中間に、新しい宿場《しゆくば》を設置したいから許可してほしいと願い出る者がいた。

そこは内藤清成が家康から拝領した領地だが、内藤家は領地の一部を幕府に返上、そこに新しい宿場ができて甲州街道の内藤新宿《しんじゆく》となった。

この内藤新宿が正式に認められるのは元禄十年（一六九七）頃である。それまでは街道の両側に百姓家が並んでいるだけであった。甲州街道は江戸の将軍が万一の時に甲府城に逃げる抜け道で極めて重要だった。

そのため元和《げんな》二年（一六一六）、家康が亡くなった年に四谷《よつや》大木戸が設けられた。

この大木戸は初期の頃には夕方になると閉じられることになっていた。甲州街道の通行は禁じられたのである。

青山忠成も家康に気に入られ、原宿村《はらじゆくむら》や赤坂村《あかさかむら》、上渋谷村《かみしぶやむら》など広大な土地を拝領し青山家のものとなり、江戸に青山の地名を残すことになる。

二人は徳川家の譜代の家臣で、この時、内藤清成は二万千石の大名、青山忠成も一万五千石の大名だった。

家康は江戸の南北に奉行所を置き、一万石以下の旗本たちの最高の役職にしたのである。

その初代北町奉行の勘兵衛は五千石の大身旗本だが、後には二、三千石の旗本から南北の奉行は選ばれるようになる。

呉服橋御門内に屋敷を拝領した勘兵衛は、江戸城から下がると、北町奉行所の開設に忙殺されることになった。

「宇三郎、領地から五十人ほど人を呼べるか？」

「はい、その支度はしてございます」

聡明《そうめい》な望月宇三郎はそういうことになるだろうと、米津家の領地である武蔵都筑、上総印旛、香取、埴生に使いを出していた。

「すぐ呼んでくれ……」

「畏まりました」

「藤九郎、引っ越しの支度を急げ、わしは三日後には拝領した呉服橋御門内に移るぞ！」

「み、三日……」

「急げ、大納言さまから呼ばれる前に移転を終わらせる」

「はッ、承知いたしました」

「文左衛門、長五郎《ちょうごろう》を呼んでまいれ……」

「はッ！」

仕事を命じられた家臣が次々と部屋から出ていった。

「宗右衛門、呉服橋御門の屋敷を改修するのには、どれほどのかかりになるか？」

「はい、今朝早く見てまいりましたが、大きいお屋敷ですのであちこちいじりますと、ざっと二、三百両ほどはかかるものと見てまいりました」

井上宗右衛門は米津家の勘定方で信頼のできる男だ。

勘兵衛の家臣には宇三郎を筆頭に、槍や剣の使い手は多いが、宗右衛門は武器を使うのはからっきしだめだ。

そのかわり算盤はそんじょそこらには滅多にいない凄腕《すごうで》なのだ。

「三河屋《みかわや》に相談してくれぬか……」

「はッ、畏まりました」

何んといっても先立つものは銭だ。勘兵衛と宗右衛門は、商家や町人に迷惑をかける買掛《かいかけ》はしないことにしている。

第三章　北町奉行

北町奉行所は呉服橋御門内に設けられ、奉行所はご番所《ばんしょ》と呼ばれた。北番所といい、南町奉行所は南番所という。

家康が小田原征伐《せいばつ》後に、秀吉から三河や駿河《するが》など五カ国と、関東八カ国を交換するよう命じられ江戸に入るが、その時、大番組《おおばんぐみ》の石出帯刀《いしでたてわき》に家康は罪人を預《あず》けた。

それが日本橋の伝馬《てんま》町牢《ろう》屋敷の初めで、江戸町奉行の支配下に入っている。石出帯刀は牢屋奉行で石出家はそれを代々世襲とする。

家禄は三百俵。

つまり百二十石だが家格は譜代旗本、役料は十人扶持《ぶち》で一人扶持が五俵、十人扶持で五十俵、二十石だった。

何はさておいても江戸の治安を維持するため、悪事を働く者を収容することが大切だった。いち早く江戸でそれを担《にな》ったのが石出家である。

悪人といっても種々雑多で、店先から下駄《げた》を持って逃げる者から凶悪《きょうあく》な人殺しまで、捕縛《ほばく》も一苦労だが裁《さば》くのはもっと難しい。

米津勘兵衛はその大任《たいにん》を家康に命じられた。

この頃、江戸に幕府が開かれると、中級、下級役人が大量に必要となった。

そこで家康は、徳川家の直参《じきさん》の足軽《あしがる》を同心として取り立て、諸奉行、京都所司《しょし》代《だい》、各城代《じょうだい》、大番頭などの支配下に同心を配置した。

奉行を助ける与力《よりき》には足軽大将を取り立てた。同心は伊賀《いが》同心、甲賀同心、鉄砲百人組同心、八王子千人同心などである。

身分は御家人《ごけにん》とされた。

同心は三十俵二人扶持で四十俵、十六石である。南北奉行所に各百人ずつ配置されることになる。

与力は二百石で南北奉行所に各二十五騎、与力は馬上が許されたため一騎、二騎と数える。それに奉行の身の回りの雑務をする内《うち》与力が置かれた。

内与力は奉行の直臣で、幕府の直参である与力とは身分が違っている。

八町の長さを開削《かいさく》された堀《ほり》ができて八丁堀《はっちょうぼり》と呼ばれ、そこに与力、同心が移り住むように命じられる。

堀の橋を渡ると、日本橋と神田《かんだ》に出ることができて便利だった。

八丁堀にそれぞれ役宅として組屋敷地が与えられ、与力が三百坪、同心は百坪を与えられた。

与力も同心も家代々の世襲である。

八丁堀は寺町だったが、その寺は浅草《あさくさ》に移転させられた。

江戸の急拡大に伴い、幕府の組織整備も大急ぎで進められる。

ことに、家康が将軍になってからの江戸は、鎌倉《かまくら》以来の武士の都が関東にできたということで、その活気は狂気《きようき》にさえ似ていた。

関東一円はもちろんのこと、越後《えちご》や信濃《しなの》あたりからも仕事を求めて人が集まり、浪人は全国から集まってくる大騒ぎだ。

その上、江戸城の天下普請で、大名の家臣や人足が爆発的に増えた。

ところが困ったことに、江戸に仕事を求めて集まってくるのは圧倒的に男が多い。というより男ばかりだ。

男が五、六人に女が一人ほどで、その殺伐《さつばつ》さはひどいことになった。

「江戸の自慢は火事と喧嘩だ！」などと何を勘違いしているのか、こういう粋《いき》がったお兄いさんたちが激増、女がいないから殺気立っている。

当然と言えば当然で、娼家《しょうか》や遊女屋《ゆうじょや》の許可を求める者も出てくるが、幕府は府内の風紀紊乱《ふうきびんらん》を警戒して取り合わなかった。

するとたちまちもぐりの娼家ができることになる。

江戸末期になっても、ようやく男二人に女一人というのだから、その人口の偏《かたよ》りはひどいものだった。幕府もこれだけは手の打ちようがなかった。

女をめぐるもめ事が絶えない。

そんな男女のもめ事まで奉行所の取り扱いになる。喧嘩を放置すると、女をめぐって殺し合いになりかねないのだ。

女の取り合いはひっきりなしで、女の方もそんな男たちの弱点を利用して、ちゃっかりいい生活を楽しんでいる。女は弱いなどというのは大間違いで、いつの時代もしたたかで強く生きているのが女だ。

しぶとくなければ子どもなど育てられるものではない。

泰平《たいへい》といえば江戸は泰平なのだが、奉行所だけはそうもいっていられなかった。

「宗右衛門、どうであった？」

「はッ、三河屋殿に快《こころよ》く都合をつけていただくことになりました」

「そうか……」

呉服橋御門内の奉行所の改修を急がなければならない。奉行が裁きを申し付ける公事場《くじば》と、捕《と》らえた悪党を収容する仮牢《かりろう》を作り、奉行の住まいとなる役宅と与力同心が仕事をする部屋をわける。

刑が決まった罪人は速《すみ》やかに石出帯刀の伝馬町牢屋敷に移す。与力、同心が日々剣の鍛錬《たんれん》をする道場、奉行と与力が使う馬を養う厩《うまや》までほぼ全面改修だった。

江戸城から三月六日に登城するようにとの通達があった。移転を急がなければならない。

「長五郎はまだか？」

勘兵衛が当てにしているのが長五郎で、三州《さんしゅう》（三河）の鳶《とび》の棟梁《とうりよう》だ。米津家は何かあれば長五郎を呼んで重宝《ちようほう》に使っている。

長五郎に話すと、大工であれ左官であれ、畳《たたみ》屋でも庭師でも何んでも間に合う。抜かりなく手配するのが長五郎の得意技だ。こういう世話役がいると助かる。

「殿さま、この度はお奉行さまだそうで……」

「おう、長五郎、急ぎの仕事だぞ！」

「へい、呉服橋御門内のお屋敷を奉行所に直すそうですが？」

「そうだ。三月六日に登城を命じられた。それまでにすべてを仕上げないと困る仕事だ」

「一か月半……」

「できるか？」

「へい、大急ぎでやらせていただきます」

「詳細《しょうさい》は宇三郎に聞け、頼むぞ！」

「承知いたしました」

長五郎の本来の仕事は、三州瓦《がわら》を商《あきな》う鬼屋《おにや》という瓦屋だ。勘兵衛と同じ三河出身で、若い頃から勘兵衛は長五郎とは親しくしてきた。

三河の三州瓦はきめが細かく重厚《じゅうこう》な銀灰色《ぎんかいしょく》の美しい瓦で、石州《せきしゅう》（石見）瓦や淡路《あわじ》瓦に劣《おと》らない人気があった。

その三州瓦の鬼師《おにし》が長五郎だった。

長五郎の作る鬼瓦は、魔除《まよ》け厄除《やくよ》けのため鬼気迫《ききせま》る恐ろしさで、屋根に乗せると雀《すずめ》も近づかないといわれている。

瓦葺《ぶき》の職人は、寺の大屋根や武家屋敷など高いところの仕事が多く、鳶職も兼《か》ねている。

三州瓦を船で駿府や江戸に運んで、城はもちろん武家の屋敷などを手掛け、瓦屋根を葺く仕事の他にも、火事の後始末やら曳《ひ》き屋の仕事なども請《う》け負った。

三河の窯元《かまもと》から駿府や江戸まで鬼屋という店を構え、長五郎は四百人を超える職人を束《たば》ねている大親分なのだ。

勘兵衛と長五郎は幼い頃からの仲間で、何かあれば勘兵衛は頼りになる長五郎に相談してきた。

二人が話し込んでいると、日本橋の三河屋七兵衛《しちべえ》が宗右衛門に案内されてきた。

「おう、鬼屋さんも……」

「これは、これは七兵衛さま……」

長五郎が座を滑《すべ》って、傍に三河屋七兵衛を座らせる。

「殿さま、この度は町奉行ということで、まずはご出世おめでたくご苦労さまでございます」

「三河屋、そうめでたくもないぞ」

「江戸の町奉行ですから？」

「うむ、急に将軍さまからのご下命でな。今、長五郎にあれこれ頼んでおったところだ」

「呉服橋御門内のお屋敷だそうですが？」

「大きな屋敷でな、それを奉行所に作り直すという話だ」

三河屋七兵衛は岡崎城下の生薬屋《きぐすりや》だった。その七兵衛は岡崎で生薬だけでなく土倉《どそう》などもしていた。

家康が秀吉によって移封された関東八州は、二百五十万石といっても三河や駿河のように豊饒《ほうじょう》な地ではない。

関東に入府した家康は、荒れ果てた江戸を復活させようとした。江戸にはかつて太田道灌《おおたどうかん》が築いた江戸城があったが荒廃《こうはい》していた。

それを家康は巨大な城に作り直したい。

そんな時、小田原北条家に支援されていた足利《あしかが》学校が、秀吉に滅ぼされた北条家の支援を失い窮地《きゅうち》に陥った。

その足利学校の庠主《しょうしゅ》（校長）が臨済僧《りんざいそう》の三要元佶《さんようげんきつ》だった。

三要元佶は北条家に代わって家康に支援をお願いすることにし、怪僧天海《かいそうてんかい》の紹介で家康との面会を実現した。

家康は、足利学校で三千人の生徒を指導し、佶長老《きっちょうろう》と呼ばれる三要元佶の博学と人柄に感銘《かんめい》を受ける。

元佶は天海や以心崇伝《いしんすうでん》、西笑承兌《せいしょうじょうたい》らとともに家康を補佐《ほさ》することになった。四書五経《ししょごきょう》だけでなく、三要元佶は漢方や薬草学に詳しく、足利学校で教えていたこともあって家康にも伝授《でんじゅ》する。

すると家康は薬草学のおもしろさに引き付けられ、素人《しろうと》には危ないのだが薬草の調合に熱中するようになり、その薬草の調達を信頼できる三河屋七兵衛に命じた。

家康は漢方薬を自分で作るようになる。

ところが、その薬を試しに飲まされる家臣はたまったものではない。家康がにわかに作った薬など信用できるものではない。

薬とはいえ何が入っているか誰にもわからないし、それを飲めと言われるほど恐ろしいことはない。

飲まされて気持ち悪くなったり下痢《げり》をしたり危ないのだ。

側近の本多正信などは、危険を察知《さっち》して本気で家康の薬から逃げ回っていた。

「正信、余が調合した薬だ。飲んでみろ」

「上さま、少々腹の具合がよくないのでご勘弁《かんべん》を……」

「その腹の具合が良くなる薬だから飲んでみろ」

「しかし……」

「大丈夫だ。命までは取らないから、精々《せいぜい》下痢ぐらいだ」

「げ、下痢？」

「うぬは日頃、忠義《ちゆうぎ》がどうのこうのと言うが、いざとなるとこれしきのことで尻《しり》込《ご》みをする。不忠者《ふちゆうもの》だな」

「それとこれとは少々話が……」

「同じだ。佐渡よ、人はいざとなると本心が出るものよなあ？」

「クッ、飲みます。そこまで言われては飲みます！」

「よいわ。余が強引に飲ませたようで、万一の時寝覚めが悪い。飲まなくていい」

万一の時は死ぬということだ。

「いいえ、よろこんで飲ませていただきますので！」

「そうか、よろこんでか、よし！」

この二人は狸《たぬき》と狐《きつね》なのだ。

薬草には毒を含むものが少なくない、だからこそ上手《うま》く調合すれば効き目があるといえる。

そういう薬草の扱いは信頼できる者でなければ危ない。三河屋七兵衛は家康の父広忠《ひろただ》の頃から安祥松平家《あんじょうまつだいら》とは親しかった。

これまで三河屋七兵衛は三要元佶と相談して、家康の薬草を伏見の徳川屋敷に納めてきた。

家康が江戸に入府した時、三河屋七兵衛も鬼屋長五郎も、家康の命令で江戸に移転してきた。他にも佃島《つくだじま》あたりに漁師など多くの人々が、家康の命令で三河や駿河、摂津《せっつ》などから移り住んだ。

家康は江戸城下の整備を急いでいたのだ。

三河屋七兵衛は今でも薬草を家康に納め、発展する江戸の人々のために土倉と両替商をしている。

土倉とは質屋のことだ。他にも割符《さいふ》や切符《きっぷ》、手形なども手広く扱う。

家康に命じられた移転組の長老が三河屋七兵衛だった。

七兵衛は宗右衛門の求めに応じ、三百両に、もしもの時の百両を上乗せして、番頭に持たせて米津家に現れたのだ。

この小判はそっくり鬼屋長五郎に渡る。

仕事というものは見積もりより多くなるのが常だ。

三人が額を集めて細々と話し合っていると、勘兵衛の妻の喜与が侍女に酒の膳を持たせて現れた。

「奥方さま、恐縮でございます」

七兵衛と長五郎が喜与に挨拶する。

「三河屋さんも鬼屋さんも、ご苦労さまにございます」

喜与は勘兵衛より一廻り以上も若く美人だ。二人の間には勘十郎《かんじゅうろう》という九歳になる男の子がいる。

三人の話し合いは半刻（約一時間）もしないで切り上げられ、七兵衛と長五郎は勘兵衛から酒を馳走になって帰って行った。

呉服橋御門内の屋敷は、長五郎の指揮で大幅に改修される。

公事場や砂利敷《じゃりじき》が作られ、仮牢や、与力や同心の詰《つ》め所などが作られる。公事場は最上段の奉行と役人が座る場所、中段の縁側は上と下の二段に分かれ、上には武家や僧侶などで、他は下者《したもの》である。
身分のある者とない者とがはっきり区別された。
最下段は土間で、筵《むしろ》が敷かれ裁かれる者が座った。やがて土間は砂利敷にな
り、白い砂利になってお白州《しらす》と呼ばれるのは、だいぶ後年になってからだ。
土間も砂利敷もお白州も、すべて屋根のある屋内で、雨が降ろうが雪が降ろう
が裁きが行えるようにした。
お白州が屋外に設けられることはない。
屋外では雨や雪が降るとお裁きができないことになる。
この頃はまだ南町奉行所も決まっておらず、火付《ひつけ》や盗賊の改方《あらためかた》なども設置さ
れていない。
盗賊改方は六十一年後の寛文《かんぶん》五年（一六六五）に設置、火付改方は七十九年後
の天和《てんな》三年（一六八三）に設置される。
老中、寺社奉行、勘定奉行、町奉行はあったが、大目付も目付も若年寄も評定
所も何もなかった。実は寺社奉行も勘定奉行も仮の存在で、正しくは老中と町奉
行しか正式にはなかったのである。
目付は元和三年（一六一七）、大目付は寛永《かんえい》九年（一六三二）、若年寄は寛永十

年（一六三三）、評定所は寛永十二年（一六三五）に設置される。

江戸幕府はないもの尽くしの旅立ちだった。

だが、幕府が恵まれたのは、寺社奉行に足利学校の庠主である三要元佶、勘定奉行には武田信玄の家臣であった大久保長安、北町奉行には譜代の米津勘兵衛という天才たちを配置できたことだ。

この人材登用の巧みさが、大狸家康の優《すぐ》れた点である。

老中が大久保忠隣、本多忠勝、本多正信、内藤清成、青山忠成、榊原康政、成瀬正成、安藤直次、村越直吉などの三河以来の武骨な譜代の武将たちでもやれたのは、三奉行といわれる要《かなめ》に、最も優秀な人材を置けたからだ。

ことに米津勘兵衛が二十年以上という、後にも先にも例のない長い期間北町奉行を務め、何もないところから始まった江戸幕府の屋台骨を支えた功績は大きい。

その功績もあって勘兵衛の死後、子の田盛《ただもり》は出羽守《でわのかみ》に昇進し大阪定番《おおさかじようばん》になり、河内国《かわちのくに》に一万石を加増されて一万五千石の大名になる。

勘兵衛の子孫は武蔵久喜藩《くきはん》、出羽長瀞藩《ながとろはん》などに大名として移封される。

家康は兎に角、人材の登用が上手だった。

幕府組織が完成するまでは、南北町奉行所が江戸の治安をすべて担うことになったのである。

米津勘兵衛が初代北町奉行に抜擢された時は、奉行所の組織ができつつあった頃で、徳川家の直参足軽が同心として、足軽大将は与力として配置され始めていた。

勘兵衛は、前の江戸町奉行の内藤修理亮清成と青山常陸介忠成を訪ねて教えを乞《こ》い、丁重に挨拶する。

この頃は奉行所の管轄《かんかつ》もまだ決まっていなかった。

江戸ご府内として朱引《しゆびき》が決まるのも、奉行所の管轄である墨引《すみびき》が決まるのも後のことである。

万事おおらかだが猛烈《もうれつ》に忙しい。

その奉行所の場所も呉服橋御門内や常盤橋《ときわばし》御門内や数寄屋橋《すきやばし》御門内に移転する。

ちなみに北町奉行は役職名で、北町奉行所などとは誰も呼ばない。役所はご番所とか北番所と呼ぶのが普通だった。

天下普請で江戸城下が拡大していく中、幕府の組織整備は急務だったが、そこまでなかなか手が回らない。

それは家康が大阪城の秀頼を警戒して、伏見城から離れられないでいるのが大きな原因だった。江戸は急拡大しているが、天下の中心は相変わらず天子《てんし》のおられる京であり、豊臣秀頼がいる大阪だった。

米津勘兵衛は、三月までに北町奉行所として機能できるように整え、三月六日に予定通り江戸城に登城した。

勘兵衛は右大将秀忠のお使番をしていたので江戸城内はよく知っている。

「勘兵衛、近《ちこ》う、近う！」

甲高《かんだか》い秀忠の声が、平伏《へいふく》した勘兵衛の頭上から降ってきた。

「はッ！」

勘兵衛が膝を滑らせて畳二枚分前に出た。

「苦しゅうない。面《おもて》を上げよ！」

聞きなれた秀忠の声だ。

「はッ！」

勘兵衛が顔を上げると、いつも仏頂面《ぶっちょうづら》の秀忠がニッと人懐《ひとなつ》っこく微笑んだ。

「勘兵衛、そなたに今日から江戸の北町奉行を命ずる。将軍さまからお達しがあったはずだな？」

「はい、身命を賭して相努めまする！」

「うむ、見ての通り江戸は大混雑だ。何はさておいても治安が乱れぬようにすることが大切だ。厳しくやれ！」

「はッ、御意に叶《かな》いますよう粉骨砕身《ふんこつさいしん》いたしまする！」

「将軍さまから、そなたが言上した笠のことは聞いた。おもしろいと仰せである。余も鷹狩りの笠は遠慮しようぞ」

「恐れ入りまする。ご府内のみ分け隔てなくいたせとの将軍さまのご命令にございます。ご不便をおかけいたしまする！」

「なるほどな、余もそれでいいと思う。ところで南町奉行のことだがもうしばらく待て……」

「畏まりました」

二十六歳になる秀忠は、前年の四月に家康の奏上《そうじょう》で右近衛大将に昇進。既に、三年前の慶長六年（一六〇一）三月に大納言へ昇進していた。

この右近衛大将の就任には大きな意味があった。

近衛大将は、武家の棟梁である征夷大将軍が兼任することになっていて、家康は左近衛大将だった。つまり秀忠が右近衛大将になったことは、次の将軍が秀忠で大阪城の秀頼にはいかないという意味がある。

大阪城の豊臣家には重大なことだった。

これ以降、江戸の右大将といえば、徳川将軍家の世継ぎをさすことになる。

この秀忠が後継者になったのにはいわくがあった。

関《せき》ケ原《はら》の戦いの時、秀忠は家康の東海道本隊に対し、中山道別動隊として西に向かった。

ところが、信濃上田城《うえだじょう》の真田昌幸《さなだまさゆき》にさんざん翻弄《ほんろう》され、関ケ原の戦いに遅参《ちさん》する大失態をしてしまう。

秀忠が到着した時、関ケ原の戦いは終わっていた。

激怒した家康は秀忠と面会しなかった。

その家康がある時、軍議で次男結城秀康《ゆうきひでやす》、三男秀忠、四男松平忠吉《ただよし》の三人のうち後継者は誰がいいかと家臣に聞いた。

すると、本多正信は結城秀康を推挙《すいきょ》、井伊直政と本多忠勝は松平忠吉を推挙した。関ケ原で大失態を犯した秀忠を推挙したのは、大久保忠隣一人だった。

「乱世では確かに武勇が肝要ですが、この先、泰平の天下を治めるには文徳《ぶんとく》が大切にございます」

忠隣が秀忠を推挙した理由だった。

秀忠にはその文徳があると忠隣は言うのだ。

その時は話を聞いただけだったが、後日、家康は熟慮《じゆくりよ》し、関ケ原で大失態を犯した秀忠を後継者に選んだ。家康は自分の後の泰平の世を治めるのは、大久保忠隣のいう文徳だと思ったのだ。

この選択は正しかった。

右大将秀忠は謙譲《けんじよう》な人柄で、威張《いば》らず、何事も家康を尊敬して指示を仰いだ。その人柄は、お使番をしていた勘兵衛がよくわかっている。

「勘兵衛、江戸は見ての通り天下普請の最中だ。故障が起きないよう老中とよく話し合って気を配ってもらいたい」

「はッ、畏まってございます」

「忠勝、何かいうことはあるか？」

秀忠が本多平八郎に聞いた。

このところ平八郎は体調が芳《かんば》しくなかった。

豪傑平八郎は伊勢桑名《くわな》に十万石で移され、旧領の大多喜《おおたき》は平八郎の次男忠朝《ただとも》に与えられた。

それは平八郎が五万石の加増を固辞したため、忠朝に与えることになったのだ。

「右大将さま、江戸城下のことは勘兵衛に任せておけば安心にございます」

「そうか……」

徳川家の四天王の平八郎の言葉だ。

天下一の名槍の蜻蛉切《とんぼきり》を振り回し、朝倉《あさくら》軍と姉川《あねがわ》で戦い、真柄十郎左衛門《まがらじゆうろうざえもん》と一騎打ち、武田軍とは一言坂《ひとことざか》の戦いを切り抜け、最大の危機に見舞われた本能寺《ほんのうじ》の大変のときは、伊賀越えを家康に進言して生き延びてきた。

「蜻蛉切が出ると敵は蜘蛛《くも》の子を散らす。鹿の大角凄《おおつのすさ》まじく鬼か人かわからぬ兜《かぶと》なり」という。

「家康に過ぎたるものが二つあり、唐《から》の頭《かしら》に本多平八」

などなど武勇《ぶゆう》の逸話《いつわ》が多い。

信長は「花も実もある武将」と称賛。秀吉は「日本一、古今独歩《ここんどつぽ》の勇士」など
と褒《ほ》め称《たた》えた。

関ケ原の戦いで西軍に味方した真田昌幸に、家康は石田三成《いしだみつなり》と同じように死罪

を宣告するが、これに平八郎が助命嘆願《たんがん》をした。

平八郎の娘小松姫《こまつひめ》が昌幸の嫡男真田信之《のぶゆき》に嫁《とつ》いでいたからだ。

昌幸に苦しめられた秀忠が助命に反対したが、平八郎はそれにも屈《くっ》せず願い続け、真田昌幸と幸村《ゆきむら》の親子は死を免《まぬが》れて高野山《こうやさん》に流罪《るざい》となる。

強情な三河武士の鑑《かがみ》が平八郎なのだ。

平八郎は一族の本多正信を大嫌いで「あれは一族ではない」と言い放っていた。その本多平八郎が「江戸城下は勘兵衛に任せておけば安心」と太鼓判《たいこばん》を押したのだ。

徳川家でこれ以上力強い味方はいない。

第四章　時蔵《ときぞう》

三月六日に初代北町奉行に就任した米津勘兵衛田政は、家康から賜《たまわ》った溜池の屋敷から、喜与と侍女のお幸だけを連れて、呉服橋御門内の奉行所である北番所に正式に引っ越しをした。

北町奉行の役宅である。

家臣の中から内与力として、望月宇三郎景元《かげもと》、青木藤九郎重長《しげなが》、彦野文左衛門一之《かずゆき》の三人を連れて行くことにした。

三人とも米津家では一、二を争う剣の使い手だ。

望月宇三郎は柳生新陰流《やぎゅうしんかげ》、青木藤九郎は神夢想流居合《しんむそうりゅういあい》、彦野文左衛門は鹿島《かしま》新当流《しんとう》をつかう剣士で、優劣《ゆうれつ》をつけがたいほど三人は強い。

勘兵衛も相当に強い。

奥山休賀斎《おくやまきゅうがさい》の奥山神影流と、小野忠明《おのただあき》がまだ神子上典膳《みこがみてんぜん》と名乗っていた頃の小野派一刀流を勘兵衛は使う。戦場での槍も使う結構な剣客なのだ。

あえて言うなら藤九郎、勘兵衛、文左衛門、宇三郎の順であろうか。

伝馬町牢奉行の石出帯刀がすぐ挨拶に来て、牢獄に捕らわれている者の数や様子を知らせていった。

鬼屋長五郎は、跡継ぎの万蔵《まんぞう》と娘の女鳶《とび》お滝《たき》を連れて現れた。

万蔵は母親のお六《ろく》に似て六尺（約一八〇センチ）の大男だ。お滝は鬼屋の鬼娘といわれているが長五郎に似て美人だ。

「お滝、そなた嫁に行かないのか？」

「殿さまがもらってくれる？」

平気な顔でそういうことを言うのがお滝で、十八歳だが行き遅れている。娘は十五、六になれば嫁に行くのが多い。

「わしには喜与がおる。側室《そくしつ》でもいいのか？」

「殿さまなら側室でも妾《めかけ》でもいいよ」

「こ奴《やつ》め、可愛《かわい》いことを言いおって、そういうことを言うと喜与に斬《き》られるぞ」

「奥方さまはそういうお方ではありませんよ」

「本気にするぞ」

「いいよ。殿さまなら……」

何《な》んとも食えない娘なのだ。

「もらってくれる野郎が現れませんで困っておりやす」

兄の万蔵が、こんな調子だから困ったことだというようにボソッという。長五郎は何も言わず三人のやり取りを聞いている。

「万蔵、行くところがないなら、お滝に熨斗《のし》つけてわしのところに持ってこい」

「へい、ありがたいことで、そういたしやす」

「ふん、熨斗つけてか……」

お滝がおもしろいというようにニッと笑った。

「お滝、覚悟しておけよ」

「いいよ」

女鳶といわれるだけに威勢がいい。

「ところで長五郎、駿府にも鬼屋はあるな?」

「ございます……」

「庄司甚右衛門《しょうじじんえもん》という男を知っているか?」

「その男は確か小田原北条家の家臣で、駿府に出て娼家の主人になったという風変わりな男と聞いております」

「その庄司某《なにがし》がどんな男か調べてくれぬか？」

「承知いたしました」

「急がずともよい」

「わかりました。駿府の者たちに調べさせます」

実は三月六日に登城した時、前の江戸町奉行内藤修理亮清成から、江戸城下に娼家を許してほしいと願い出た者がいると聞いた。

その者の名が駿府の庄司甚右衛門だということだった。

幕府は許可を出すつもりはないが、先々のこともあり、どんな男か調べておいてもらいたいということだ。

その調べを鬼屋長五郎に依頼した。

「お滝、また会おう」

「はい、そのうちお奉行さまのところにお嫁に来ますから……」

何んとも可愛らしくニヤリと笑う。

長い髪を後ろでむんずと束ねているなかなかのじゃじゃ馬娘だ。そこに喜与とお幸が茶を運んできた。

「お滝さん、いつでも好きな時にお嫁においでくださいな?」

「あのう……」

笑顔の喜与にどうぞと言われて、さすがのお滝もうつむいた。お滝と同じ年頃のお幸が怒った顔でジロリとお滝をにらんだ。

それを見て、さすが奥方さまというように万蔵がニッと笑う。そんな賑やかな日がいつまでも続くことになる。

奉行所には幕府から与力十騎と同心が六十人配置された。

勘兵衛の前の町奉行たちは大名だから、自分の家臣を与力や同心の代わりに使っていたのだ。

この後、南北町奉行には与力が各二十五騎、同心が各百人ずつ配置されるようになるが、江戸城下は日に日に人が増えて、やがて五十万人を超え百万人を超えるようになると、とてもそれでは人手が足りない。

それでも南北奉行所は、与力各二十五騎、同心各百人から増えることはなかった。

与力も同心も幕府から俸禄《ほうろく》をもらう。

米津勘兵衛の配下ではあるが、家臣ではないという関係だ。家臣は内与力の望月、青木、彦野の三人だけである。

奉行の勘兵衛の意を酌《く》んで同心の指揮を執《と》るのは与力だ。

内与力は将軍の家臣の家臣で陪臣《ばいしん》だが、与力は幕府の直臣で内与力より格上ということになる。だが、奉行の直臣である内与力は、奉行所内での立場的には与力より上という少々ねじれた関係になる。

勘兵衛は与力と同心を大広間に集め、北町奉行就任の挨拶と、家康と約束した江戸城下では笠をかぶることを禁ずることとの説明をした。

与力も同心も驚いているが、話を聞き終わるとおもしろいと納得する。

「これは将軍さまからの命令である。江戸とその周辺の高札場《こうさつば》に掲げて、悪人どもが城下に入らぬよう徹底して人別を調べてもらいたい。命令に従わない者は断固処分する。すぐ支度をしてくれ！」

この高札が掲げられると、城下では笠を背中に背負う者が多くなった。

北町奉行の職務は朝の四つ、巳《み》の刻（午前一〇時）頃に江戸城に登城、老中に報告や話し合いをして他の役職者と意見交換をし下城、午後は奉行所で書類の決裁や罪人の裁判に臨《のぞ》むということだ。

登城する時は、供揃えが同心など二十五人から三十人、奉行は馬か駕籠《かご》に乗っての登城が許されている。

北町奉行ともなれば高職で、一人や二人で行動することはない。万一のため二十五人程度の供廻りはいつも一緒だ。奉行に何かあれば幕府の権威に傷がつくことになるからだ。よって、奉行の一人歩きなどは絶対にない。

勘兵衛の供廻りには望月、青木、彦野のいずれかの内与力、それに与力と大勢の同心が同道した。三人とも剣の達人だが与力、同心にも剣の達人が多い。

勘兵衛は奉行所に道場も作り、いつでもだれでも稽古《けいこ》ができるようにした。

裁きは屋内の砂利敷で行われ、奉行が下せる罪状は叩きや所払《ところばら》い、江戸払いや江戸十里四方《じゆうりしほう》追放などの中追放までである。

これらの仕事は奉行所で行い激務だった。役宅は奉行所内にあって溜池の屋敷に帰ることはない。

この後、激務のため在任中に死去する奉行が多かった。

享保《きようほう》年間になると不明確だった刑の軽重がはっきり規定され、重追放の十五か国は武蔵、山城《やましろ》、摂津、和泉《いずみ》、大和、肥前《ひぜん》、下野《しもつけ》、甲斐、駿河、相模《さがみ》、上野《こうずけ》、安房《あわ》、上総、下総《しもうさ》、常陸《ひたち》からの追放と決まる。

中追放は武蔵、山城、摂津、和泉、大和、肥前、下野、甲斐、駿河の九か国である。軽追放は江戸十里四方に京、大阪、東海道筋、日光とその道中である。

江戸十里四方の追放は日本橋から半径五里（約二〇キロ）の範囲だ。

江戸払いは品川、板橋、千住、四谷大木戸などの内側から追放。所払いは居住の町内からの追放である。

後の叩きは笞刑《ちけい》とも鞭打《むちう》ちともいう。

竹の鞭で五十叩き、百叩きがあり。戒《いまし》めの刑である。

背中、腰、尻を叩くがこれが痛い。あまりにも痛いので浪人には行われたが、恥を重んじる武士には行われなかった。

勘兵衛の命令が高札場に掲げられてから、江戸城下では笠をかぶる者が激減する。

同心たちも事を荒立てないようにするが、中には強情な者もいるため役人を罵《ののし》る者が少なくない。

そんな時は厳しい対応になる。人別を調べるため奉行所に引かれてくる者がいた。

中には挙動不審で捕まる者がいる。

粋がっているお兄《あに》いさんも、奉行所に引かれてくるとほとんどがおとなしくなった。その中にはどこから見ても怪しげな者もいる。

人別調べにも応じようとしないと、仮牢に入れて調べが長引くことになる。

そんな時、与力の赤松《あかまつ》左京之助《さきようのすけ》と同心の松野《まつの》喜平次《きへいじ》が、時蔵《ときぞう》という男を奉行所に連れてきた。

大工だというのだが落ちついていてそうは見えない。

高札を見落としたのか、品川から笠をかぶって入って来たところを松野喜平次に咎められた。

「ちょいと……」

喜平次が時蔵の前に立った。

「そなた、ご府内《ふない》で笠をかぶってはならぬという高札を見なかったか？」

「へい、うっかりしていやした」

「どこから来た？」

「保土ケ谷《ほどがや》からです」

「名前は？」

「へい、時蔵と申しやす」

「仕事は？」

「大工です」

時蔵は喜平次に咎められ笠を取った。

少し白髪の混じった四十がらみの精悍《せいかん》な男だ。物陰から見ていた赤松左京之助が、その時蔵の挙動に不審を感じた。

「江戸へ何しに来た？」

「棟梁に頼まれて道具を買いに来たのです」

「棟梁は保土ケ谷か？」

「へい……」

腰は低いのだが、赤松左京之助はどこか武家の匂《にお》いがすると思った。左京之助が喜平次の後ろに立つと、時蔵は驚いた顔で左京之助をにらんだ。

一瞬だったが眼光鋭く《がんこうするど》、只者《ただもの》ではないと思わせた。だが、すぐ穏やかな顔になっている。

「時蔵といったか、今日はどこに泊まる？」

左京之助が聞いた。

「へい、一晩、どこか安宿に泊まって明日には保土ケ谷へ戻りやす」

「宿は決まっているのか？」

「まだですが……」

「そうか、少し聞きたいことがある。北のご番所まで来てくれ……」

「北のご番所？」

「この三月から南北に町奉行所ができたのだ。知らないのか？」

「へい、さようで……」

「北のご番所は呉服橋御門内だ。少し遠い」

「へい……」

時蔵は左京之助と喜平次に挟《はさ》まれて歩き出した。逃げだそうという気配もなく、落ち着いている。三人は黙々と歩いた。

一刻ほど歩いて北町の奉行所に着いた。

赤松左京之助と吟味方《ぎんみかた》の秋本彦三郎《あきもとひこさぶろう》が尋問《じんもん》したが、時蔵は二人によどみなく答える。なかなかの度胸だ。

その尋問を藤九郎が見ていた。

勘兵衛は尋問の様子を藤九郎から聞いて興味を持ち、公事場に出て砂利敷をしばらく見ていた。

「藤九郎、あの男は大工ではない。赤松が見抜いたように武家のようだな」

「はい、そう思います」

「尋問しても無駄だ。放免《ほうめん》して見張りをつけろ。どこに泊まったか突きとめ、明日、保土ケ谷へ戻ればそれでいい。江戸で何かしたわけではない」

「はッ、承知いたしました」

すぐ藤九郎と秋本彦三郎が話し合って時蔵は放免になり、松野喜平次と朝比奈《あさひな》市兵衛《いちべえ》の同心二人が張り付いた。

放免された時蔵は何事もなかったように、神田まで行って安旅籠《やすはたご》に入る。二人は半刻（約一時間）ほど旅籠を見張ってから呉服橋御門に戻った。

この時、旅籠木更津屋《きさらづや》には時蔵の配下が宿を取っていた。

「お連れさまがお着きでございます」

旅籠の女が部屋に声をかけてから戸を開けた。時蔵が部屋に入る。

「小雪《こゆき》に亀太郎《かめたろう》、早かったな？」

「はい、お待ちしておりました」

「酒を一本ずつつけてくれ……」

「へい……」

小銭を三枚ばかり女に渡して、夕餉《ゆうげ》の膳に酒をつけるよう言いつけた。ニコニコと女が部屋の戸を閉めて階段を下りていく気配がする。

「お頭《かしら》……」

「見ていたか？」

「はい、お頭は笠のお触《ふ》れを知らなかったので？」

「知らなかった。迂闊《うかつ》だったな。江戸で笠をかぶるなとはなかなかの奇策だ」

時蔵がニッと不敵《ふてき》に笑った。

「お知らせをせずに申し訳ないことで……」

「気にするな。わしの油断だ」

「すみません。北町奉行所の奉行は、米津勘兵衛という五千石の旗本だそうで、南番所の方はまだ決まっていないとのことです」

「そうか。米津勘兵衛とは油断できない男のようだな？」

「将軍直々の抜擢だそうでございます」

「家康が？」

「はい……」

「なるほど、それなら切れ者だろう」

「油断できません」

時蔵の配下の千寿《せんじゅ》の亀太郎は北町奉行所のことを詳しく知っていた。

表向き小雪は時蔵の女ということだが、実は小雪の方が主人で一味は主従なのだ。六郷橋までは一緒に来たのだが、橋の手前で時蔵が一町（約一〇九メートル）ほど先に出て歩いた。

その後ろから来た小雪と亀太郎は、役人に咎められて時蔵が連れていかれる一部始終を見ていた。

亀太郎は時蔵の配下で小頭《こがしら》なのだ。その亀太郎が同心二人の見張りを窓から見ていた。

「奉行所から見張りがついたようだな？」

「はい、お頭の後をつけてきたようで、役人がこの木更津屋を見ていました」

「不覚だ。今、江戸に入っているのは何人だ？」

「小雪さまとお頭と仁右衛門《にえもん》さまを勘定しないで、馬之助《うまのすけ》を入れれば十八人です」

「仁右衛門は堺屋《さかいや》か？」

「はい、明日の夕方までには全員、堺屋に集まります」

「そうか。おそらく、わしは明日も見張られるだろう。堺屋で薬の万寿丸を買い、金物屋で鑿《のみ》を二本も買って六郷橋を越える。仕事の方は仁右衛門に任せることにする」

「わかりました。お気をつけて……」

「見張られていては動けない。策を変える。小雪を朝一番で六郷橋まで送ってくれ。その先はわしが連れて行く。この度はしくじった。くれぐれも気をつけるように仁右衛門に伝えてもらいたい」

「はい！」

「集合場所は予定通り鎌倉でいいだろう」

「承知しました」

「見込みは変わらぬか？」

「はい、調べでは銀が多いとのことですが、三年前から使われている慶長小判が含まれているようで、於勝《おかつ》は二千両は超えるだろうと言っております」

「そうか……」

三人は夕餉を取ったが小雪は酒を飲まない。その酒を亀太郎が頂戴した。

第五章　甲州金《こうしゆうきん》

二間続きの部屋で、隣の小部屋に小雪が一人で横になった。

小雪はいつもほとんど喋《しゃべ》らない。

ふッと人の気配を感じて時蔵が目を覚ました。枕元に怒った顔の小雪が座っている。驚いて時蔵が褥《しとね》に飛び起きた。

「伊織《いおり》！」

「はッ……」

時蔵が小雪に平伏する。

「伊織はなぜ小雪を抱かぬのか？」

「姫さま、そのことは何度も申し上げております」

「わからぬ。小雪は伊織が好きじゃ！」

「伊織も姫さまを大好きにございます。さりながら、本懐《ほんかい》がございますればお分かりくださるようにお願いしております」

「わからぬ……」

「それでは、堺《さかい》か九州《きゅうしゅう》にお帰りいただくしかございませんが？」

「嫌じゃ！」

「聡明な姫さまが。なぜ伊織を困らせまするか？」

「好きだからじゃ！」

「姫さまは六条河原《ろくじょうがわら》で斬首《ざんしゅ》された殿のご無念がわかりませぬか？」

「それを言うな！」

「お聞き分けいただけないのであれば、伊織がここで腹を切り、殿にお詫《わ》びしなければなりません。なにとぞ、お聞き分け願いまする」

「伊織、好きなのじゃ。小雪は女ぞ！」

「はい……」

亀太郎は二人の気配に目を覚ましたが寝たふりをして泣いている。それに気づいた小雪が立って隣の部屋に戻っていった。

翌朝、木更津屋を出た小雪と亀太郎が西に向かった。

時蔵が半刻ほど遅れて旅籠《はたご》を出るとピタッと見張りがついた。

勘兵衛は昨日のうちに手配して、宿の外に朝比奈市兵衛と鬼屋長五郎の配下から、幾松《いくまつ》という人の見張りなどが好きな若い衆を張り付かせた。後を追うのに素人がいいと勘兵衛は思った。

「出てきたぞ。あの男が時蔵だ。つけてくれ。何事もなく保土ケ谷に帰るようなら戻ってきていいぞ」

「承知、任せておくんなさい！」

幾松が一人で時蔵の後を追った。こんな尾行は幾松も不慣れだが同心たちも不慣れなのだ。

時蔵は笠《かさ》を背中に背負い、あたりの店を見ながら一町ほど北の堺屋という生薬屋に入った。幾松は辻《つじ》の軒下《のきした》から見張っていた。

「茂三郎《しげさぶろう》、わしは奉行所の者に見張られている。このまま鎌倉に戻るが、今夜のことは詳しく亀太郎に話してある」

「へい……」

「万寿丸を一袋くれ……」

「へい、ありがとうございます」

「くれぐれも気をつけるように、仁右衛門にな」

「はい、お気をつけられて……」

薬袋を受け取ると銭を払い、時蔵は店を出て南に歩き、日本橋の金物屋菊屋《きくや》で鑿《のみ》を二本買って品川宿に向かった。

「おかしいな、何も怪《あや》しいことなどないぞ」

ブツブツ言いながら幾松が時蔵の後を追った。品川宿の茶屋で茶を飲んだ時蔵が、縁台に銭を置いて六郷橋に向かった。

「やはり橋を渡るつもりだな。ここまで来たんだ、最後まで見届けるか……」

幾松が時蔵の後を追う。

小雪は六郷橋を渡って、近くの茶店の縁台に座り一人で時蔵を待っていた。

江戸に戻る亀太郎と時蔵は品川宿を出たあたりですれ違い、時蔵の後を追う幾松を密偵《みってい》だと亀太郎は易々《やすやす》と見破った。振り返って橋に向かう二人を見ている。

亀太郎は他には見張りがいないことも確認した。

そんなことが起きているとは気づかない幾松だ。時蔵を追ってきて亀太郎に見破られる。どこか間が抜けていた。

それでも幾松は時蔵が六郷橋を渡るのを確かめた。

「何が怪しいんだ？」

橋のたもとに立ち止まって時蔵の後ろ姿を見ている。その時蔵が橋の上で笠をかぶった。

「戻ろう……」

何ごともなく少しがっかりの幾松だ。ほっと緊張が解けると踵《きびす》を返して戻り始めた。

二里（約八キロ）あまりの道を、一刻もかからず走って呉服橋御門内の奉行所に戻ってきた。それを与力の赤松左京之助が迎える。

「どうであった？」

「へい、六郷橋を渡って行きました。途中で堺屋と菊屋に立ち寄りましたが、他は品川の茶屋で茶を一杯飲んだだけです」

「立ち寄ったのはそれだけか？」

「そうなんで、どこか怪しいところがありましょうか？」

「それだけだと怪しいところはないな、ご苦労だった。お奉行に報告しておく。また、何かの折りには頼むぞ」

「へい、では御免《ごめん》なすって……」

幾松が帰ると、左京之助は勘兵衛の部屋に向かった。

大きな屋敷の奥に奉行の役宅があり、勘兵衛と喜与、喜与の侍女お幸が暮らしている。役宅の台所は奉行所と一緒になっていた。

時々、溜池の屋敷から用人の井上宗右衛門が来る。

領地の陣屋《じんや》は、家老の林田郁右衛門《はやしだいくえもん》と宗右衛門に任せていた。家老の下には百人近い家臣がいる。その家臣団を家老の林田がまとめていた。

米津家の領地は武蔵都筑、上総印旛、香取、埴生など飛び地に五千石で、差配が結構厄介なのだ。

その二人が来て勘兵衛に領地の話をしていた。

「左京之助、入れ!」

「はッ、お客さまが……」

「客ではない。遠慮はいらぬぞ」

勘兵衛に促され、左京之助が部屋に入った。

「どうした。時蔵のことか?」

「はい、神田堺屋で生薬を買い、日本橋菊屋で鑿を買い、六郷橋を渡ったそうにございます。そのように報告して鬼屋の幾松が帰りましてございます」

「そうか、保土ケ谷に帰ったか?」

この時、勘兵衛は油断した。

　堺屋と菊屋の両方に与力、同心を入れて手入れするべきだった。その頃、堺屋の地下蔵《ちかぐら》に時蔵の一味が十人ばかり集まっていたのだ。

江戸を出た時蔵は小雪と保土ケ谷の隠れ家で着替え、鎌倉の長谷寺《はせでら》近くの隠れ家に急いでいた。小雪は若侍の恰好《かっこう》で大小二本を腰に差し、時蔵も武家の姿になっている。

「伊織、小雪を堺に帰すのか？」

「はい、それとも九州の方がよろしいでしょうか？」

「どちらも嫌じゃ！」

「そうはまいりません」

「昨夜のことか？」

「はい……」

「伊織、本当のことを言ってはいけないのか？」

「はい、すべては心の奥底に隠していただかないと困ります。昨夜のような姫さまを見るのは情けなく思います」

「伊織！」

小雪が道端に立ち止まった。

「許せ。小雪は伊織の傍《そば》から離れるのは嫌じゃ！」

「二度とお口になさいませぬか？」

「嫌じゃ！」

「それでは堺の妙秋尼《みようしゆうに》さまのもとにお帰りいただきます」

「伊織！」

小雪が太刀の柄《つか》を握った。怒った顔だ。

「斬りますか。お手打ちであれば喜んで、何《な》んと情けないことか。二人で京の六条河原にまいりましょう。姫には殿のご無念がわかっておられないようだ」

「黙れ伊織ッ、わらわを抱くか抱かぬか？」

「抱きましょう。ただし、すべては本懐を遂《と》げてからにございます」

強引な小雪に時蔵が折れた。だが、本懐を遂げてからだと条件を付けた。その時蔵を小雪が怒った顔でにらんだが、くるっと背を向けてスタスタと歩き出した。

何も喋らなくなった小雪と時蔵が、戸塚宿《とつかじゆく》から鎌倉に向かい、夜になって鎌倉長谷寺に着いた。

「姫、よく歩きました。お疲れでは？」

「ふん……」

小雪は鼻を振り拗《す》ねて怒っている。

「小雪さま、お頭、長いものを腰にされて、江戸からでございますか？」

「爺《じい》、大小は重い！」

「軽いのを用意いたしましょう」

「これでいい。そうだろう伊織！」

「はい……」

「姫さま、お腰のものを……」

鎌倉の隠れ家を預かっているのは、甚助《じんすけ》とお孝《たか》という夫婦だ。二人がかりで疲れている小雪の世話をする。

小雪と伊織が喧嘩《けんか》するのはいつものことなのだ。

お孝が小雪を湯に入れると、時蔵と喧嘩をして拗ねた小雪は夕餉《ゆうげ》を取らないで
「まずはお湯に……」

百姓家の奥で寝てしまった。

その頃、江戸の堺屋の地下蔵に木津《きづ》の仁右衛門、亀太郎、野火《のび》の三次《さんじ》、竜神《りゅうじん》

の五郎《ごろう》、猿蓑《さるみの》の銀治《ぎんじ》、苦竹《にがたけ》の草太《そうた》ら粋な名前の十一人が集まって支度を整えていた。

「仕事が終わったら三組に分かれて鎌倉に向かう」

「はッ！」

「既に堺屋の茂三郎とお仲《なか》、馬之助の親子は品川宿に向かった。万太《まんた》、直蔵《なおぞう》、お園《その》、お珠《たま》の四人は江戸に残って次の仕事の仕込みをする」

「はい、承知しました」

「鎌倉に向かうのは鎌倉街道上道《かみつみち》から仁右衛門さま、三次、草太、忠次郎《ちゆうじろう》、中道《なかつみち》はわしと銀治、小三郎《こさぶろう》、作左《さくざ》、東海道は五郎、於勝、五郎蔵《ごろぞう》、太助《たすけ》だ」

「承知！」

鎌倉街道には上道、中道、下道《しもつみち》とあるが、上道は甲州街道を府中分倍《ぶばい》まで行き、一気に南下して化粧坂《けわいざか》から鎌倉に入る。

中道は甲州街道の内藤新宿から二子《ふたこ》の渡しに行き、南下して巨福呂坂《こぶくろざか》から鎌倉に入る。下道は使わず東海道を西に行き戸塚宿から鎌倉に入る。

この三街道を使うことにした。

「よし、行こう……」

仁右衛門が地下蔵の階段を上って堺屋の店に出た。一味の指揮を執る仁右衛門は時蔵の実弟だ。

「銀治、外を見ろ！」

「へい！」

一味が出れば堺屋はもぬけの殻になる。既に居抜きで薬種問屋に売り渡されていた。二度とこの店に近づく者はいない。

「少し、星明かりがありやす」

「いつものように二人一組で出て、下見した場所に四半刻（約三〇分）後だ。おくれるな」

最初に仁右衛門と草太が外に出た。

二人は神田から日本橋まで歩いて、呉服太物《ふともの》商の京屋《きようや》の辻まで行った。

堺屋を出た一味が次々と京屋の軒下に集まって裏口に回ると、亀太郎が音もなく引き戸を開けた。

そこに引き込みの於勝が立っている。

「於勝？」

「はい……」

「外に出ろ！」

草太と於勝が見張りに立った。

亀太郎は予定通り直蔵が作った鍵《かぎ》で開錠《かいじょう》すると、金蔵《かねぐら》の三つの箱から小判と銀だけを、持ちやすい袋に入れ替えて運び出し、予定通り三組に分かれて京屋を後にした。

鮮やかな早業《はやわざ》だ。

四半刻もかからないで金蔵を破った。密《ひそ》かで静かな犯行だ。

翌朝、卯《う》の刻（午前五時～七時頃）過ぎ頃、京屋の番頭が店で使う銭箱を出そうとし金蔵の錠前を開いて、蔵の中の棚に置いてあった金銀の箱の異変に気が付いて大騒ぎになった。

箱の中の小判が消えている。

夜廻《よまわ》りが終わって奉行所に戻ろうとした同心の林倉之助《はやしくらのすけ》が、騒ぎに気づいて京屋に飛び込んだ。蔵の前に店の者がみな集まっている。京屋の主人と番頭が蔵の中で消えた小判を確認していた。

「お役人さま……」

「賊《ぞく》が入ったのだな？」

「はい、小判と銀が消えております」

「どれぐらいだ？」

「まだわかりませんが、箱が三つですから三千両ほどかと思います」

「さ、三千両だと、よし、わし一人ではどうにもならん。人を呼んでくる。あちこち触るな！」

林倉之助が京屋を出ると無我夢中で走った。夜廻りで寝ていないから体に力が入らない。

「クソッ、三千両も持って行きやがった！」

自分の夜廻りの時にと怒りが込み上げてくる。

朝の奉行所に倉之助が飛び込んだ。

「盗賊にやられたッ！」

「なにッ、どこだッ？」

筆頭与力の長野半左衛門《ながのはんざえもん》と与力の青田孫四郎《あおたまごしろう》が茶を飲んでいたが立ち上がった。

「日本橋の京屋です！」

「京屋、呉服屋だな？」

「はいッ！」

「よしッ！」

半左衛門が同心部屋に向かった。

同心も松野喜平次、本宮《もとみや》長兵衛《ちょうべえ》、木村《きむら》惣兵衛《そうべえ》、朝比奈市兵衛、村上《むらかみ》金之助《きんのすけ》などが続々と集まってきた。

内与力の望月宇三郎と青木藤九郎も奉行所の騒ぎに気づいて顔を出した。

「日本橋の京屋がやられたッ！」

「喜平次ッ、市兵衛ッ！」

「はいッ！」

「長兵衛と金之助ッ！」

「はいッ！」

長野半左衛門と青田孫四郎が、それぞれ同心を二人ずつ連れて奉行所から飛び出した。宇三郎が奥の勘兵衛の部屋に飛んでいった。

「宇三郎、もう手遅れかもしれないが品川、板橋など各宿に与力と同心を走らせろ！」

「はい！」

「怪しい者を呼び止めろ！」

「承知いたしました！」

あたふたと奉行所のあちこちが動き出した。

勘兵衛の命令で次々と与力、同心を品川、板橋、千住の各宿に走らせた。夜の犯行に気づかず朝になって動き出しても手遅れだ。

その頃、時蔵一味は東海道組が暗いうちに六郷橋を渡っていた。二子の渡しも渡って、最も遠回りの仁右衛門たちも府中分倍に到着している。

「やられたか……」

「殿さま……」

喜与が呼んだが、その時勘兵衛はフッと時蔵の顔を思い出していた。

「そうだ、あの時蔵という男、間違いなく武家だ。賊はあの男かもしれぬ……」

「殿さま、何か？」

喜与が勘兵衛のつぶやきを聞き返した。

「ん……」

「今、独り言を……」

「ああ、昨夜の盗賊のことだ」

「宇三郎が言ってきた京屋の？」

「うむ、ご老中に申し上げなければならぬな」

「はい、すぐ登城の支度を？」

「その前に文左衛門を呼んでくれ！」

「お幸、呼んできておくれ……」

「はい！」

「着替えをなさいますか？」

「うむ……」

うわの空の勘兵衛は京屋の被害は大きいだろうと思う。江戸でも三本指に入る呉服太物屋なのだから、数百両では済まないだろうと思った。大店《おおだな》をやられたと思う。

着替えていると、お幸が文左衛門を連れてきた。

「お呼びでございますか？」

「文左衛門、いつもの供揃《ともぞろ》えはできるか？」

「はい、三十人は揃いましてございます」

「同心を京屋に回して、二十人の供揃えにしてくれ」

「はッ、承知いたしました」

「そろそろ巳の刻（午前九時〜一一時頃）にございます」

「うむ……」

喜与の差し出す脇差を腰に差し大玄関に出て行くと、いつもと同じ馬が用意されていた。勘兵衛は駕籠《かご》が好きではない。

「行ってくる」

勘兵衛が喜与から太刀を受け取った。それを腰に差し馬に乗ろうとすると、長野半左衛門が走ってきた。

「お奉行！」

「半左衛門、どうであった？」

「はッ、二千二百三十八両、盗《と》られました！」

「ずいぶん盗られたな？」

「はい、大判、甲州金《こうしゅうきん》、慶長小判、丁銀《ちょうぎん》などが混ざっていたようです。それに於勝という女が消えました」

「それは引き込み女だな。すると怪我《けが》人はいないか？」

「はい、誰一人気づいておりません。蔵の錠もかかっていたということです」

「そうか……」

「小銭と銀が七百両ほど残っていたそうです」

「それは賊がわざと残していったということか？」

「そのようです」

「わかった。品川、板橋、千住などを詳しく調べてみろ、何かわかるかもしれないぞ」

「はッ、早速いたします！」

「出立！」

文左衛門の声がかかって行列が奉行所から出た。

もう、事件のことは老中の耳に達しているだろうと思う。

それにしても二千二百三十八両とは大金だ。その上、銀七百両を残して行くとは小憎《こにく》らしい手口だ。

「この鮮《あざ》やかな手口はあの男に間違いないな。おそらく時蔵とは偽名《ぎめい》だろう」

勘兵衛は調べが甘かったと思うが、あの時、時蔵を責めても何かを白状するとは思えなかった。

追いつめれば、むしろ死を選ぶだろうという潔《いさぎよ》ささえ感じた。やはりあの男は武家だったと勘兵衛は思う。

登城すると、老中の青山常陸介と老中で勘定奉行の大久保長安が顔を出した。

「大久保さま、お加減の方は？」

「うむ、箱根の湯治《とうじ》が効いたようだ。だいぶ楽だ」

「それはようございました」

「ところで昨夜のことだが……」

青山常陸介が苦い顔で話柄《わへい》を変えた。

「はい、日本橋の京屋の件ですが、詳細は書類にして明日にも提出いたします。本日は被害額だけをご報告いたします」

「うむ、いかほどであるか？」

「二千二百三十八両にございます」

「二千、多いな……」

「内訳はわかるか？」

大久保長安が聞いた。

「詳細はまだわかっておりませんが、大判、甲州金、慶長小判に丁銀などだったそうにございます」

「甲州金があったのか？」

長安の顔色が険しくなった。

甲州金は長安の旧主、武田信玄の金なのだ。今となっては、世の中にあまり流通してほしくない金なのだ。

「大判や甲州金は簡単には使えない金だ」

青山常陸介が長安の顔を見た。長安はそれを知るために顔を出したのだ。

「詳しく内訳がわかったら知らせてほしい」

「承知いたしました」

大久保長安が座を立った。

「大久保殿は甲州金が気になるようだな」

「はい、甲州金はすべて将軍さまに納められているはずですから……」

「うむ、何かと黄金の話は難しいのよ」

青山常陸介は甲州金には触れたくないようだ。一口に金というが重さや黄金の含有量《がんゆうりよう》によって扱いが難しい。

「右大将さまに申し上げないといかんな。何か心当たりはないか？」

「犯人でございますか？」

「うむ、犯人につながることだ」

「今のところ、皆目見当がつきません」

「そうか、お耳にだけはお入れしておく。そなたにご下問があるかもしれぬぞ」

「承知いたしました」

勘兵衛は自分の失態だと猛省《もうせい》、右大将に合わせる顔がないと思いながら下城した。

あの時蔵という男は何者だったのか、二度と会うことはないのかと、馬上から行き交う人々の顔の中にあの男を探した。

第六章　二千二百三十八両

京屋の検分が終わっていないようで、勘兵衛が戻った時には奉行所の与力、同心は出払っていた。わずかに吟味方《ぎんみがた》の野田庄次郎《のだしょうじろう》や、書き役専門の同心岡本作左衛門《おかもとさくざえもん》、伝馬町の牢屋敷見廻同心の赤城登之助《あかぎのぼりのすけ》など数人がいるだけだった。

内与力の宇三郎《うさぶろう》が大玄関に飛んできた。

「ご苦労さまにございます」

毎日、同じ挨拶をする。

喜与が大玄関の敷台で勘兵衛の太刀を預かり「ご登城、お疲れさまにございます」といい、お幸が「お帰りなさいませ……」と挨拶する。

「ご老中から何か？」

喜与が心配そうに聞くと、宇三郎と文左衛門が何かあるかと聞き耳を立てる。

昨夜の事件以来、奉行所内はピリピリ緊張している。

勘兵衛が北町奉行になって初めての大きな事件だ。それも時蔵の仕業なら勘兵衛の手抜かりということになる。

「久しぶりに大久保長安さまにお会いした」

「この春頃には痛風《つうふう》とお聞きいたしましたが？」

「うむ、正月には箱根で湯治しておられたのだ」

「ええ、そうでございました」

「よくなられたようでお元気だった」

「勘定奉行さまは金銀山の奉行など、多くの役職を兼務なさっておられるとか？」

喜与は勘兵衛が北町奉行になってから、そういう幕府の人事にも興味を持つようになった。それまでは全《まった》く無関心だった。

「うむ、天下の総代官といわれるほど、色々な奉行や代官を兼務しておられる。両手の指ほどもあろうかのう」

「まあ……」

勘兵衛が喜与に手伝わせて窮屈な裃《かみしも》と袴《はかま》を脱いで着替える。喜与が驚くほど、大久保石見守長安という男は尋常《じんじょう》ではなかった。

老中、勘定奉行はじめ佐渡奉行、石見や生野《いくの》の銀山奉行、大和代官、甲斐奉行、美濃代官、松平忠輝の付家老、伊豆奉行、百五十万石という関東方面の幕府直轄領の支配など、幕府の重職を兼務して天才、怪物といわれる。

「宇三郎、甲州金というのを知っているか？」

勘兵衛が座るとお幸が茶を出した。

「はい、見たことはございませんが、甲斐の信玄公が使っておられたとか？」

「うむ、今の小判量目単位の両、分、朱《しゅ》のもとになった金貨だ。良質の金でな。今も流通はしているが扱いの難しい金なのだ」

文久《ぶんきゅう》元年（一八六一）には甲州金の四倍通用令というのが出て、甲州金一両が通常の小判四枚で取り引きされるようになる。

実は何も言わないで話を聞いている喜与は、嫁入りの時に実家から「困った時に使いなさい」と、露《つゆ》一両金という甲州金を二百枚も持たされてきた。

溜池の着物箪笥《たんす》の奥に仕舞い込んである。

喜与の持っている露一両金は、後に古甲金《ここうきん》といわれる江戸期以前の甲州金で、江戸幕府が甲州の金座《きんざ》に作らせた甲州金は新甲金といって区別された。

喜与が古甲金を持っているなどとは勘兵衛も知らない。間が悪そうに、喜与は知らぬ顔で二人の話を聞いている。

その甲州金を一手に握っているのが大久保長安だった。

甲斐には黒川金山や身延金山などがあって、信玄の時代から豊富に金が採れた。大蔵流の狂言師だった長安は信玄に育てられ、その甲斐の金銀に携《たずさ》わってきた。

夕刻近くになって長野半左衛門、青田孫四郎、赤松左京之助、秋本彦三郎ら与力衆が続々と戻ってきた。

「どうであった？」

「はい、盗られた金子《きんす》の内訳が判明いたしました」

「よし、聞こう……」

長野半左衛門が懐から紙片を出して「大判金八十五枚、慶長小判金千枚、甲州一両金六百八十八枚、慶長丁銀三貫目《かんめ》です」と無表情で読み上げて報告すると、紙片を勘兵衛の前に押し出した。

丁銀は秤量《しょうりょう》の量目計算で、丁銀の大きさ重さはそれぞれ違う。丁銀一枚四十目《め》で米が二石から三石ほど購入できた。銀一貫目は百両と換算されるが使うのは秤量貨幣としてである。

「少し残していったそうだな？」

「はい、五百目包みの丁銀が十包みと、銭が八百疋《ひき》ほど残されていました」

「銭が八千文《もん》か……」

正確なところ、盗賊は銀を五貫目と、銭を八貫目の千三百両は残していったことになる。重いものは置いていったとも考えられた。

「何か手掛かりはなかったか？」

「はッ、手掛かりとなるのは消えた於勝の人相《にんそう》のみにございます」

「人相に特徴があるのか？」

「はッ、年のころは三十歳前後、右のうなじに豆粒大《まめつぶだい》の黒子《ほくろ》があるとのことです」

手掛かりになりそうではない。

「そうか、半左衛門は引き続き京屋を調べてくれ……」

「畏《かしこ》まりました」

「左京之助は神田の生薬屋、堺屋を調べてくれ、少々気になることがある」

「時蔵のことでしょうか？」

「そうだ。江戸でわざわざ生薬を買うというのは不審ではないか？」

「確かに……」

「あの男は只者《ただもの》ではなさそうだ」

「承知いたしました。これから行ってまいります」

「明日でよいぞ」

「気になりますので、ひとっ走りですから！」

赤松左京之助が部屋から飛び出していった。その後を同心の朝比奈市兵衛が追った。

「孫四郎は日本橋菊屋を調べてくれ……」

「はッ、それがしもひとっ走り！」

青田孫四郎が立ち上がると同心の林倉之助も立ち上がった。

「品川、板橋、千住で気になったことはないか？」

「実は今朝早く、品川宿を女連れの男三人が六郷橋に急ぐのを見た者がおります」

「ほう、東海道を西にか、おもしろいな」

「はい、お奉行が時蔵のことを言われましたので、六郷の先が川崎宿と保土ケ谷宿と思い、その四人を思い出しましてございます」

品川宿に走った与力の石田彦兵衛《いしだひこべえ》が言った。その四人は五郎、於勝、五郎蔵、太助の東海道組だった。

「走ってみるか？」

「はいッ！」

「よし、彦兵衛の他に八郎右衛門《はちろうえもん》と久左衛門《きゅうざえもん》も行け、小田原宿まで追ってみろ……」

「承知いたしました！」

与力三人が立ち上がって厩《うまや》に急いだ。

勘兵衛は時蔵の犯行なら易々とは捕まらないと思う。だが、その四人をつかまえれば唯一の手掛かりになるかもしれないと思った。

「気になることがあったら書き留めておくように……」

半左衛門から注意があって与力、同心は宿直当番を残して解散になった。

勘兵衛が北町奉行になって初めての大事件で、もし時蔵の犯行なら、笠の高札で浮かび上がった事件ということになる。

与力、同心が、それぞれ八丁堀の役宅に帰る支度をしていると、赤松左京之助が大慌てで飛び込んできた。

「京屋の犯人は時蔵だッ！」

「何んだとッ？」

帰りかけた与力、同心が左京之助を追って勘兵衛の部屋に押し掛けた。

「お奉行ッ、堺屋がもぬけの殻《から》にございますッ！」

「何ッ！」

部屋が一瞬で緊張した。

「やはり、あの時蔵だったか？」

勘兵衛の勘が的中した。

「お奉行、石田彦兵衛さまと品川宿で聞いたのですが、六郷橋に急ぐ親子三人づれが通ったと聞きましてございます。もしや堺屋の親子ではないでしょうか？」

「おそらく間違いないだろう。奴《やつ》らは東海道にいる。半左衛門と彦三郎は彦兵衛たちを追ってくれ！」

「畏まって候！」

長野半左衛門と秋本彦三郎が飛び出していった。

「左京之助、堺屋に踏み込んで根こそぎ調べろ。みな行ってくれ！」

奉行所から同心たちが走った。その後ろから藤九郎と文左衛門が追った。堺屋の前に同心の朝比奈市兵衛が立っていた。

「踏み込めッ！」

左京之助が空き家になった堺屋に飛び込んだ。その頃、日本橋の菊屋に行った与力の青田孫四郎と同心の林倉之助が奉行所に戻ってきた。

「孫四郎、京屋をやったのは時蔵に間違いなさそうだ。堺屋がもぬけの殻だ。あそこが一味の隠れ家だったようだ」

「やはり、あの時蔵が？」

「うむ、鮮やかな手口だ。笠で引っかかったのだが、迂闊《うかつ》にも逃がしてしまったな」

「はい、落ち着いてなかなかの男でした」

「武家のようだった」

「はッ、これからは厳しくいたします」

「そうだな。みなが戻るまで残っていてくれ……」

「そういたします」

その頃、堺屋の地下蔵も発見された。左京之助の指揮で徹底的に屋内が調べられ、近所から野次馬が集まるとひとりひとり詳細を聞き取った。

藤九郎と文左衛門も屋内から外廻りを見て回る。

「商売以外のものは何も残っていない。見事というしかないです」

「あの時蔵という男はもう江戸には現れないだろう。奉行所で顔を見られたんだから……」

「今度、江戸に現れれば必ず捕らえます！」

「うむ、ここはあの男が残した唯一の足跡だ。何か手がかりが見つかるといいが、無理だろうな？」

「ええ、きれいさっぱりのようです」

彦野文左衛門がニッと複雑な顔で笑った。

不謹慎だがお手上げなのだ。それでも左京之助は執念深く明け方まで調べ、空き家を青竹で塞《ふさ》ぎ、出入り禁止にして奉行所に戻った。

一日中走り回った同心たちもよろよろ歩くほど疲れている。奉行所に戻るとあたりかまわず倒れ込んで仮眠を取った。

望月宇三郎と赤松左京之助、岡本作左衛門の三人で、巳の刻に登城する奉行のため書類をまとめた。奉行と喜与は寝ないで書類が仕上がるのを待っている。

そのまま寝ずに朝餉《あさげ》を取って辰《たつ》の刻（午前七時～九時頃）を過ぎると、勘兵衛はいつものように登城の支度を始めた。

出立直前に書類ができあがり一読して了承した。

登城すると大久保忠隣、安藤直次、村越直吉の三人が待っていた。

「北町奉行、京屋の一件はどうであった？」

「はッ、こちらにご報告の書状を用意してまいりました」

「うむ、手回しのいいことだ。見よう」

大久保忠隣が差し出された書状を受け取り、それを開き報告書を読む。緊張したまま沈黙が続いた。

読み終わると何か考えながらそのまま安藤直次に回した。安藤から村越直吉に回っていった。その間、それぞれが考え込んでいる。

「奉行、この時蔵というのが犯人か？」

まず村越が聞いた。

「そのように考えております」

「笠の一件で人別を調べたのだな？」

「はい、保土ケ谷の大工と答え、怪しい素振りはありませんでした」

「だが、武家ではないかと思ったのではないか？」

「恐れ入ります」

「尋問が甘かったと思わないか？」

「村越殿、米津殿を責めてはなるまいぞ」

「はッ、失礼仕《つかまつ》りました」

大久保忠隣が村越から引き取った。

「この一味を追って東海道を小田原までとあるが、小田原城はわしの城だ。手伝うぞ」

「恐れ入ります。只今、与力五人で追っております」

「見つけるのは難しかろう？」

「はい、時蔵の人相は与力、同心がみな見ておりますので、もし江戸城下に現れれば見落とすことはございません」

「そうだな。それにしても大判金や甲州金、慶長一両金に丁銀ではすぐに使うことはできまい。足がつきやすい」

「はい、おそらく上方に持ち込むものと思われます」

「なるほど、上方な……」

忠隣がいう大判金とは贈答などに使うもので、天正《てんしょう》大判金や慶長大判金は質が良く、特別に黄金とか延べ金《の》という。草鞋《わらじ》のような大きさで十両と墨書《ぼくしょ》されている。

その時の貨幣価値で違うが、大判金一枚で七両とか、時には小判の値が落ちて二十五両などということもある。

庶民が易々と使える代物ではない。

甲州金も慶長小判も丁銀も日常的に気軽に使う貨幣ではなかった。

庶民は銭貨で十文、百文で生活している。四千文になると一両になる。ほとんど手にすることのない金貨で慶長一分判金《いちぶはんきん》や一朱判金などが手に入ればお宝で上機嫌だ。

一分判金四枚で一両、一朱判金十六枚で一両となる。

それほど金銀貨は使いにくい。

そのため金銀貨を銭貨にするため両替屋というものがある。

それでも江戸は金貨が使われ、金で経済が廻り、京や大阪などはほとんど金貨が使われずに銀貨が使われた。

「右大将さまにこの書状を提出する。補足があれば後日差し出すように……」

「承知いたしましてございます」

「石見守にはわしから話しておこう」

「よろしくお願いいたします」

大久保忠隣は頑固者だが人情味があった。だが、この後、犬猿《けんえん》の仲である政敵本多正信と争い、敗れて失脚する。

勘兵衛はいつものように昼過ぎには下城した。

江戸城下は天下普請で大混雑している。日比谷入江の埋め立てには神田山が崩されてなくなった。

奉行所に戻ると与力、同心は探索《たんさく》に出払って、宇三郎や藤九郎などの他に数人だけが残っていたがいつもと違い静かだ。勘兵衛が帰ってくると奉行所に活気が戻り急に賑《にぎ》やかになった。

その頃、鎌倉の長谷寺参道脇の百姓家に時蔵一味が集まっていた。

「ご苦労だった。欠けた者はいないな？」

「万太、直蔵、お園、お珠の四人は江戸に残りましたが、他は全員江戸を出ました！」

「よし、京屋からは二千二百三十八両をいただいた。一人三十五両ずつ配るが残りは仁右衛門と銀治が堺に運ぶ。一緒に茂三郎とお仲、馬之助も行け。他は次の仕事まで好きにしてよい。つなぎは保土ケ谷のお杉婆《すぎばあ》さんだ」

「派手に遊んではならぬぞ」

仁右衛門が注意するようにいい、用心しろと警告する。

「銀治、五郎蔵、わかっているな？」

「へい、面目《めんぼく》ねえ……」

女遊びの好きな銀治が仁右衛門に謝ってニッと笑う。五郎蔵は頭を掻《か》いてニヤニヤ誤魔化《ごまか》した。

「いつものことだが、仲間内で銭のいざこざを起こした者はわしが斬る」

仁右衛門が凄《すご》んだ。

「へい、承知しておりやす」

「一人ずつ、小雪さまに挨拶して好きに散れ、また会おう」

時蔵が言う。

「お頭……」

「いいか、くれぐれも無茶をして死ぬな。みなの死に場所はこの伊織が決める。それまで大切にいたせ！」

「はい！」

時蔵が座を立って奥に引っ込んだ。

「銀治、お前からだ」

亀太郎に促されて銀治が立ち上がる。

奥の小部屋に行くと小雪と、傍に時蔵と甚助が控《ひか》えていた。銀治が小雪に平伏する。その小雪の胸には十字架が光っていた。

「銀治、亡き父に代わって礼を言います。ありがとう」

「ははッ！」

「また会いましょう」

「はい！」

「太田三左衛門《おおたさんざえもん》殿、この度の働きの三十五両に小雪さまから奥方に十両賜ります」

「はッ、有り難《がた》く頂戴いたします」

甚助が紙包みを二つ渡すと銀治が立ち、入れ替わりに小三郎が入ってきた。太田三左衛門とは銀治の本名だ。

「小三郎、ご苦労さまでした。九州へ戻るのか？」

「はい、そのつもりでおります」

「また会いましょう」

「はッ、姫さまもお元気で……」

「前島《まえじま》小三郎殿、この度の働きの三十五両に小雪さまから九州までの旅費十五両を賜ります」

甚助が三十五両の包みと十五両の包みを小三郎に渡した。於勝が入ってくると小三郎が部屋から出た。

「於勝、礼を言います。ありがとう」

「勿体《もったい》ないことです。姫さまとは何年ぶりになりましょうか？」

於勝が両手で顔を覆《おお》って泣いた。小雪が生まれた時から傍にいたのだ。それが引き込みに入って小雪とは数年会っていない。

「苦労を掛けます」

於勝が首を振った。

「万之丞《まんのじょう》は幾つになりますか？」

「七歳にございます」

「寂《さび》しい思いをさせました。許してください」

「そのような……」

「角田勝《つのだかつ》殿、この度の働きの三十五両に小雪さまから万之丞に十両を賜ります」

「ありがとうございます」

次々と小雪の前に出て挨拶をした。

保土ケ谷のお杉婆さんと江戸に残った四人には、亀太郎が小判を運ぶことになった。その日のうちにみなが散ってしまう。

小雪はお孝と鎌倉鶴岡八幡宮《つるがおかはちまんぐう》の若宮大路《わかみやおおじ》裏の小さな屋敷に移った。

時蔵は用心深く、万一の時を考え、隠れ家は一か所だけでなく、多い時には五か所も持っていて次々と捨てていく。そのため仲間内でも使うまで知らない隠れ家がある。

用心するに越したことはない。

その頃、時蔵を追った与力の石田彦兵衛、結城《ゆうき》八郎右衛門、柘植《つげ》久左衛門が小田原まで駆け抜け、旅籠を入念にあたりながら引き返すと、平塚《ひらつか》で後から追いついた半左衛門と吟味方の彦三郎と出会った。

第七章　八幡宮の斬り合い

時蔵は百姓家を武家の姿で出て、大小を差し甚助と百姓家を空にした。万一を考えてこの百姓家は捨てる。

「甚助、姫を頼むぞ」

「はい……」

「堺まで行き、九州まで行くことになると半年は戻れない」

「承知いたしました」

二人は話しながら鶴岡八幡宮の若宮大路裏の屋敷に入り、時蔵は小雪に挨拶してから若宮大路に出てきて八幡宮に向かった。

八幡宮の裏の雪ノ下《ゆきのした》から巨福呂坂《こぶくろざか》を通って、鎌倉街道中道を行き、化粧坂《けわいざか》からの上道と合流、府中分倍に出て八王子から甲斐に向かい、東海道を避けて中山道を西に京へ出ようと考えていた。

出立した一味の者のうち、由比ガ浜《ゆいがはま》を西に向かった銀治たち数人は、大磯宿《おおいそ》か小田原宿まで行っているはずだ。

化粧坂から東海道に出た茂三郎たちは藤沢宿《ふじさわ》か平塚宿にいるだろう。江戸に向かった亀太郎は保土ケ谷宿まで行ったはずだ。

時蔵は遥《はる》かに迂回《うかい》して、甲州街道から下諏訪《しもすわ》に出て中山道を木曽路《きそじ》に行く。

ところがこの時、長野半左衛門たち与力衆五人は時蔵に逃げられたと思い、江戸に戻る途中に平塚宿から海岸沿いを鎌倉に入り、八幡宮を参拝していた。

八幡宮の石段を下りてくる与力衆に時蔵が先に気づいた。笠をかぶり一行とすれ違おうと足を速めた。

うまくすれ違ったと思ったが、笠の下から横顔を見られた。

「時蔵……」

柘植久左衛門がしばらく行ってからつぶやいて立ち止まった。

「何ッ！」

秋本彦三郎が立ち止まってすれ違った時蔵を振り返る。時蔵は足を速めて八幡宮の石段に向かった。その後を、刀を抜いた柘植久左衛門が追った。

「時蔵ッ、待てッ！」

久左衛門の後から秋本彦三郎も追った。

長野半左衛門たちは何事かと、しばらく八幡宮に走っていく二人を見ていた。

「どうしたッ！」

「わからぬが、何か叫んでいた。行こう！」

三人が急いで引き返す。

時蔵は柘植久左衛門に石段の下で追い詰められた。

「時蔵ッ、北町奉行所の者だッ。神妙《しんみょう》にしろッ！」

「役人か、来いッ！」

時蔵が太刀を抜いて中段に構える。

「来いッ！」

時蔵に誘われ久左衛門が上段から斬りかかった。そこに彦三郎が追いついた。

「あッ……」

時蔵の太刀が、久左衛門の上段からの太刀を右に弾《はじ》くと、久左衛門の右太股《ふともも》を薄く斬った。柘植久左衛門がたたらを踏んで彦三郎の足元に転がる。

時蔵は逃げようと石段をのぼった。

「待てッ！」

　太刀を抜いて秋本彦三郎が追った。

「待てッ！」

「来るなッ、斬るぞッ！」

　石段の中ほどで斬り合いになった。

「寄るなッ！」

　時蔵の太刀が彦三郎の顔を掠《かす》りそうになって彦三郎がのけぞった。

　その瞬間、ズルッと足を踏み外して彦三郎が石段の下に転げ落ちた。なんとも情けない二人だ。

　そこに半左衛門たち三人が殺到した。

「待てッ！」

　石田彦兵衛が勢いよく石段に飛び上がったが躓《つまず》いて転んだ。時蔵を逃がすまいと慌《あわ》てている。

　長野半左衛門が石段を見上げ、逃げていく時蔵の後ろ姿を見た。

「八郎右衛門ッ、追うぞッ！」

　半左衛門が石段を駆け上がったが、時蔵の姿はもうどこにもなく、夕暮れが由比ガ浜に向かって流れていた。

時蔵は振り返ることなく雪ノ下に飛び込み、走りながら刀を鞘《さや》に戻すと巨福呂坂を北に逃げた。半刻《とき》もしないで辺りは闇《やみ》に包まれる。

自分に奉行所の与力の目を集めておけば、仁右衛門や銀治や茂三郎、江戸に向かった亀太郎らが逃げ切れる。その刻を稼《かせ》げると考えた。

半左衛門と結城八郎右衛門が二人で時蔵を追った。

暗くなると星明かりを頼りに時蔵は戸塚宿に出て、鎌倉街道中道から上道に移り、府中分倍を目指すことにした。

半左衛門は途中から八郎右衛門を鎌倉に戻し一人で戸塚宿まで追ってきた。

時蔵が東海道を東に行ったのか、それとも西に向かったのか、鎌倉街道中道を北に行ったのか、それとも鎌倉に引き返したのかわからなくなった。

時蔵は最も考えられない化粧坂からくる鎌倉街道上道に移って北に急いでいる。

「ここまでか……」

半左衛門は夜の戸塚宿を行ったり来たりしながら考えた。

「西か北だな……」

東の江戸と南の鎌倉は考えにくい。鎌倉には隠れ家があるとも考えられる。

「鎌倉を探索するか？」

戸塚宿は正式な東海道の宿場ではない。江戸から来て一泊目が、保土ケ谷宿では近すぎ藤沢宿では遠すぎた。

どちらの宿にも二里ほどで、戸塚がその中間のため、自然発生的に戸塚宿が江戸からの一泊目の宿として重宝され発展した。

それを幕府が宿場として認めることになる。

戸塚宿は江戸から鎌倉に入るのに、鎌倉街道下道に次ぐ入口でもあった。

半左衛門は時蔵に逃げられ、悔しそうにブツブツ言いながら西に向かう東海道をにらんだ。

「おそらくこの道だろうが……」

西に逃げたと思うが、馬がなければ先回りはできない。

宿場の馬で追うか考えた。だが、東海道を西というのは誰もが考えることだ。ならば北なのかと半左衛門が迷い始めた。

鎌倉では、柘植久左衛門が斬られて怪我をしているのは間違いなく、彦三郎や彦兵衛も慌てて、慣れない石段で斬り合いにしくじったのを見た。

「戻って、鎌倉を探索しよう」

半左衛門はそう決心して来た道を戻り始めた。

「時蔵というあの男は武士の恰好だった。どっちが変装なのだ。時蔵なのか、それとも武士の方なのか……」

時蔵が何者なのかまったく見当がつかない。

「西国の浪人かもしれないな」

戦いに敗れ、家康に取り潰《つぶ》された大名が西国には多い。半左衛門はそんなことを考えながら、巨福呂坂に戻って八幡宮の石段まで真夜中に戻ってきた。

石段に腰を下ろして結城八郎右衛門が待っている。

「逃げられた？」

「ああ、戸塚宿まで追ったが逃げられた。柘植の怪我は？」

「太股を斬られた。傷は浅い。時蔵め、手加減をしたようだ」

「相当な剣の腕だな？」

「戦場で生き抜いてきた剣だろう」

「なるほど……」

二人は話しながら馬をつないだ大鳥居の傍の旅籠まで戻ってきた。

「浜乃屋《はまのや》か？」

「うむ、医師を呼んで、ここで手当てをしている」

八郎右衛門が半左衛門を二階の奥に連れて行った。

柘植久左衛門は太股を斬られ、秋本彦三郎は石段から転げ落ちて左腕を折っている。石段で躓いた石田彦兵衛は脛《すね》に怪我をした。

「これから江戸に馬を飛ばし援軍を連れてくる。この鎌倉に時蔵の隠れ家があるかもしれぬ。お奉行に相談もしたいのだ」

「そうだな。時蔵が鎌倉にいるのはおかしい。隠れ家があるはずだ」

「明日から探索する」

半左衛門が立ち上がると太刀を握って部屋から出て行った。八郎右衛門が追った。

「気をつけて……」

「柘植の怪我が心配だ。浅手《あさで》でも金瘡《きんそう》は手当てを誤《あやま》ると命を取られる」

「うむ、わかっています」

「明日の夕までには戻るから……」

「気をつけて！」

半左衛門は馬に飛び乗ると戸塚宿に急いだ。戸塚宿から江戸まで十里あまりを駆け抜けるつもりだ。

「潰れないでくれよ」

半左衛門は馬に話しかけながら急いだ。

馬は速く走らせると潰れてしまう。走らせずに速足で急がせるのが長く走らせるいい腕だ。時々、休ませて草と水をやる。

馬は走らせると思いのほか長距離を走れない。一気に走らせると一里も行かないで潰れてしまう。

夜明けに半左衛門は六郷橋を渡り、辰の刻には呉服橋御門内の北町奉行所に到着した。

「半左衛門殿が戻ったぞッ！」

大声が響《ひび》いて奉行所が急に騒々しくなった。大玄関から急いで半左衛門が勘兵衛の部屋に入る。

「半左衛門ッ、しっかりしろッ！」

「お奉行！」

「うむ、どうしたッ？」

「時蔵が鎌倉に、鎌倉におりました」

「何んだとッ、しっかりしろッ！」

「逃げられましたが、鎌倉に隠れ家が……」

疲れ切った半左衛門が崩れ落ちた。

「水だッ、水を持ってこいッ！」

続々と与力、同心が集まってきた。

「お奉行……」

「今、水がくる」

「鎌倉若宮大路の浜乃屋に援軍をお願いいたします」

「わかったッ。水を飲ませてやれ！」

勘兵衛は半左衛門の言いたいことを理解した。

「宇三郎、藤九郎、孫四郎、左京之助、喜平次、三郎太《さぶろうた》、市兵衛の七人は鎌倉に飛べ、若宮大路の浜乃屋だ。探索は五日間！」

「承知いたしました！」

宇三郎たちはすぐ支度をして与力は馬で同心は徒歩で飛び出した。

水を飲んで一休みした半左衛門が、八幡宮の石段での斬り合いをポツポツと話す。柘植が斬られ、秋本と石田が怪我をしていることを話した。

「時蔵とは何者だ？」

勘兵衛がつぶやいたが誰も答えられない。

柘植が斬られたとなると相当の使い手だ。宇三郎と藤九郎を向かわせたのは、柳生流と神夢想流の使い手だからだ。孫四郎と市兵衛は小野派一刀流を使う。

「お召し替えを……」

「おう、登城の刻限か？」

「お奉行……」

「おう、供揃えは二十人でいい！」

「承知いたしました」

彦野文左衛門が登城の支度をする。文左衛門も鹿島新当流の使い手だ。

「江戸に一味が残っていることも考えられる。見廻りに力を入れてくれ。時蔵が笠で引っかかったように何があるかわからない。笠をかぶっている者は厳しく取り締まれ！」

「はいッ！」

鎌倉から戻った半左衛門が、久左衛門が斬られたと言ったことで、暢気《のんき》な与力や同心たちに戦慄《せんりつ》が走った。油断すれば斬られるということだ。不慣れだということは言い訳にならない。

捕まえる方が必死なら、逃げる方はそれ以上に必死なのだ。

京屋からも堺屋からも手掛かりは何もつかめなかった。

勘兵衛が登城すると、珍しく本多忠勝が出てきた。いつも仏頂面の醜男《ぶおとこ》で徳川家では最も怖い男だ。

「勘兵衛、北町奉行はどうだ？」

「はッ、大失態をいたしました」

「ふん、京屋のことか？」

「はい……」

「あんなものは失態でも何んでもないわ。勘兵衛、気にするな。悪党はどこにでもいるものよ。失敗を恐れるな」

「はッ、その犯人と思える男と、鎌倉で追手が斬り合いになりました」

「ほう、おもしろそうだな。その話、待て。安藤殿、右大将さまにおもしろい話があるが、お聞きになりますかと聞いてきてくれ……」

「はッ！」

老中安藤直次が出て行った。平八郎は斬り合いなど武張《ぶば》ったことが大好きだ。

「勘兵衛、人数は足りているのか、江戸は今の十倍にはなるぞ。先々のことを考えておかないとな」

「はい……」

「人数を増やすよう右大将さまに進言しておこうか？」

「はッ、かたじけなく存じます」

天下一の豪傑は勘兵衛を気に入っている。勘兵衛の父米津政信は平八郎より十五歳以上年上だった。二人が話をしていると安藤直次が戻ってきた。

「本多さま、是非聞きたいとの仰せにございます」

「そうか、勘兵衛、面白い話を聞かせてくれよ」

「はい、承知いたしました」

三人が秀忠のいる広間に行くと、榊原康政、大久保忠隣、大久保長安、内藤清成、青山忠成、成瀬正成など歴々の老中、勘定奉行と、寺社奉行の三要元佶《さんようげんきつ》が集まっていた。

「勘兵衛、久しぶりだな」

「はッ、右大将さまもご壮健にてお喜びを申し上げます」

「うむ、例の京屋の件、そなたの報告書を見たぞ」

「恐れ入りまする」

「その後のことだな？」

「はい、報告書に名を上げました時蔵という犯人ですが、何事もなく六郷橋から江戸を出たのですが、生薬の堺屋との関係がわかりましたので、与力五人に馬で後を追わせましてございます」

「ほう、馬で盗賊の先に出たか？」

「はい、大久保さまの小田原まで追いましたが見つからず、与力たちはあきらめて鎌倉に向かい鶴岡八幡宮に参拝いたしました」

　老中たちが聞き入っている。

「ところが不思議なことに、参拝して石段を下りてきますと、笠をかぶった武家とすれ違いました。その横顔に行き違ってから気づき、時蔵だと追いまして石段に追いつめました。ところが、なかなかの腕で一人が斬られましてございます」

「時蔵は武士だったのか？」

「はい、もう一人は切っ先を避けた途端に石段から転げ落ち、一人が石段に躓いて転びました。急なことで与力たちが慌てましてございます」

「逃げられたか？」

「はい、残り二人で追いましたが八幡宮の裏に逃げ込まれ、夕暮れのことでしたが時蔵を戸塚宿まで追いましてございます」

「東海道に逃げられたか？」

「申し訳ございません。西か東か北か、時蔵がどこに逃げたかわからなくなりましたが、鎌倉に隠れ家があると思われますので、この朝、援軍に与力、同心を向かわせましてございます」

「思わぬところで時蔵と出会って与力たちが慌てたな？」

「はッ、迂闊なことで取り逃がしてしまいました。申し訳ございません！」

「怪我の方はどうだ？」

「時蔵め、手加減をしたようで浅手にございます」

「そうか、ところで、その時蔵とは何者であろうな。平八郎の爺《じい》はどう思うか？」

秀忠が本多忠勝に聞いた。

「保土ケ谷の大工と聞いておりましたが、正体は間違いなく武家でしょう。それも西国の主家の絶えた浪人……」

「信長老はどうか？」

「はい、今、本多さまの申された通り、西国の武士と思われます。盗賊にしては矜持《きょうじ》を感じます。役人を斬り殺さないところなどにございます」

「矜持?」

「はい、何か目的があるような……」

「石見守はどう思うか?」

「本多さまと信長老さまの仰せの通りだと思います。与力衆に追いつめられて手加減する余裕は、只者とは思えません」

　長安が答える。

「式部《しきぶ》、時蔵という盗賊は、将軍さまかこのわしに見せつけているのか?」

　式部大輔《たゆう》とは榊原康政だ。

「右大将さま、そのようなことはないと思われます」

「信長老?」

「はい、榊原さまの仰せの通りにございましょう。もし、そのような意図がありましても、お気になさることではございません」

「そうか……」

「所詮《しょせん》、たかが盗賊にございます」

秀忠は時蔵の振る舞いに、滅んだ西国大名の恨《うら》みを感じたのだ。だが、平八郎はたかが盗賊と斬り捨てた。

「勘兵衛、わしの与力たちは慌て者のようだな？」

「恐れ入ります。勿体《もったい》ないお言葉にございます」

「右大将さま、南町奉行が未《いま》だ決まらず、北町の与力、同心の数を増やすべきかとご進言申し上げます」

「おう、そうだな。気づかなかった。爺の言うとおりだ。増やそう」

機嫌よく秀忠は本多忠勝の進言に応えて、北町奉行所の増員を約束した。

第八章　武士の意地

昼過ぎに宇三郎たちが若宮大路の浜乃屋に入った。

「柘植殿、大丈夫か？」

「面目ないことです……」

「気にされるな。相当な使い手のようだな？」

「戦場の剣です」

「なるほど、長野殿は隠れ家があるのではということだった。結城殿？」

「そう思います。堺屋のようにもぬけの殻かもしれませんが、調べてみる価値はあるかと思います」

「石田殿は大丈夫か？」

「なんとも不覚。擦《かす》り傷です」

「わしも大丈夫です」

「秋本殿、無理をしてはならぬ。柘植殿を見ていてもらいたい」

「腕だけだ。足は大丈夫だ」

「いや、万一敵と出会った時のことがある。怪我は左腕だから太刀は抜けるだろうが危ない。わしらに任せてもらいたい」

宇三郎が悔しさで血気に逸《はや》る秋本彦三郎を説得した。

相談の上、九人が二手に分かれ、若宮大路の右と左を探索することになった。すぐ九人が浜乃屋を飛び出した。左右に分かれ虱潰《しらみつぶ》しに家々を調べることにした。

夜になって長野半左衛門が鎌倉に戻ってきた。

奉行所で一刻半ほど仮眠したが、時蔵を逃がした責任を感じて、馬を替えて奉行所を飛び出してきた。

夕餉《ゆうげ》の最中で半左衛門の膳がすぐ用意された。

「気配はあるか?」

宇三郎が誰にともなく聞いた。

「今日のところはないようです」

青田孫四郎が答える。それに他の与力もうなずいた。

「時蔵はこの鎌倉にはいないだろうが、仲間が残っていることも考えられる。怪しい者を見落としていないか考えてみてもらいたい」

「間違いなく隠れ家はあると思うのだが？」

「あるな……」

「見知らぬ人たちが集まる家だ」

「近所の噂《うわさ》を拾うことが大切だろう」

「そうだ。こういう時はあちこちに転がっている噂が大切だ」

「鎌倉はそう広くない。数日で探索できるだろう」

それぞれが考えを言って、賑やかな夕餉になった。

ところが、翌日はがらっと変わって、まるで元気のない夕餉になった。

一日中、十人で歩き回っても、何も手掛かりが見つからなかった。

誰もが疲れ切って浜乃屋に戻ってきた。

ところが三日目の昼過ぎに同心の池田《いけだ》三郎太が、長谷寺の誰もいない百姓家を怪しいとにらんだ。

近所で聞き込むと、数日前に十人ほどの人がいたことがわかった。

長谷の大仏の前まで来て、どうしようかと考えていると、同じ同心の朝比奈市兵衛と出会った。

「この先の長谷寺の百姓家が怪しいぞ」

「長谷寺？」

「すぐ近くだ……」

「踏み込むか？」

「二人でか？」

「そうか、よし、ここにいてくれ、誰かを探してくる」

市兵衛が駆け出した。

三郎太は「大きいな……」と暢気なことを言い大仏を見ている。鎌倉期に建《こん》立《りゅう》されたといわれる大仏で、長谷の大仏とか鎌倉の大仏という。

高徳院《こうとくいん》の本尊《ほんぞん》の大仏は阿弥陀如来《あみだにょらい》で、本来大仏殿の中にあったが、その大仏殿は大風や津波で何度か倒壊した。

古くは木造の大仏さまだったともいう。

四半刻もしないで、市兵衛が青木藤九郎と長野半左衛門を連れて戻ってきた。

「怪しい百姓家だと？」

「そうです。数日前に十人ほどの人が集まったと近所の者が見ておりました」

「今は？」

「誰もいないようです」

「どこだ？」

「こっちです」

三郎太が走って、長谷寺の百姓家の前に三人を連れてきた。

「よし、踏み込もう！」

市兵衛が百姓家の表戸を蹴破《けやぶ》って中に飛び込んだ。物音ひとつせず、百姓家の中は人影もなく何もない。きれいさっぱり堺屋と同じようにもぬけの殻だ。

「隠れ家はここだな」

半左衛門が薄暗い部屋を見回してつぶやいた。

「ここに集まってすぐ逃げたようだ。みなを呼び集めよう」

「三郎太と市兵衛、みなに長谷寺だと伝えてくれ！」

半左衛門が二人の同心に命じる。

「承知しました！」

二人が飛び出していくと、藤九郎と半左衛門は近所で噂を集めた。

「へい、いつもは夫婦だけでしたが、時々いつもは見かけない人が一人二人訪ねてきました。四、五日前はずいぶん大人数でした」

「どこに行ったかわからぬか？」

「わかりません。その日のうちに誰もいなくなりましたから……」

「目にとまったことはないか？」

「百姓家に似合わず、武士が三人か四人おりました」

「二本差しに間違いないか？」

「はい、笠で顔はよくわかりませんでしたが」

「そうか……」

半左衛門は時蔵だと確信した。一刻ほどで百姓家に全員が集まった。

「時蔵の隠れ家はここで間違いない」

半左衛門が断言した。

「他に考えはあるか？」

誰も反対はない。あまりに鮮やかな盗賊の手口だ。探索でこの百姓家にたどり着いたのが奇跡だ。

「ここはこのままにしておくか？」

「残しておいてもここに戻ることはあるまいと思う」

「そうだな。そんなへまをするとは思えない。時蔵という男は一筋縄《ひとすじなわ》ではいかないようだ。どこのどんな武家なのか？」

宇三郎が悔しそうに言う。

「それでは浜乃屋に戻って今日中に引き上げよう。秋本殿は馬に乗れるだろうが、柘植殿は駕籠がいいだろう……」

宇三郎と半左衛門が話し合って、百姓家から引き上げることにした。

この時、百姓家の夫婦と小雪がまだ鎌倉にいた。

もちろん誰もそんなことに気づく者はいない。あまりにも鮮やかな時蔵の手口に宇三郎たちは翻弄《ほんろう》されていた。

数日後には時蔵から知らせが入って、小雪と甚助とお孝の三人も鎌倉から姿を消すことになる。

浜乃屋に戻って馬と駕籠の支度をし、北町奉行所の与力、同心一行は鎌倉を後にした。完敗である。夜には保土ケ谷宿まで来て宿を取った。

北町奉行所が総がかりで時蔵に負けたことになる。

悔しいが仕方ない。

宇三郎たちが奉行所に戻ったのは翌日の昼過ぎで、勘兵衛の下城とほぼ一緒だった。傷ついた柘植久左衛門と秋本彦三郎は無念の帰還だ。

勘兵衛は二人をいち早く見舞って、久左衛門は八丁堀の役宅には返さず、歩けるようになるまで数日は奉行所で世話することになった。

柘植家の先代は既に亡く、久左衛門の母親加賀《かが》は健在で、妹のお嘉《よし》がまだ嫁に行かないでいた。

その二人が代わる代わる奉行所に来て看病すると、六日ほどで少し歩けるようになり、母と妹に挟《はさ》まれて役宅に戻っていった。

その頃手回し良く、右大将が約束した奉行所の増員が現れた。

数日で与力が五騎、同心が十五人増えた。北町奉行所の態勢が与力十五騎、同心七十五人に整った。

そんな時、厄介《やっかい》な問題が持ち上がった。

笠をかぶるのは禁止だといわれると「おれは嫌だ!」と粋がる者が必ず出る。

品川宿までは笠をかぶらないで来て、わざわざ宿外れで笠をかぶって品川宿に入ってくる馬鹿者がいる。

そんな者は厳しく言い聞かせて放免するが、納得しない浪人とか、何度言い聞かせても、平気で同じことを繰り返す駄賃《だちん》稼ぎの者などが、北町奉行所の仮牢に二人三人と溜《た》まってきた。

聞き分けがなく、与力や同心には手のかかる連中だ。

その中に荷馬で駄賃稼ぎの権太《ごんた》という大男と、浪人の川中島之助《かわなかしまのすけ》などと、とぼけた名を名乗る男がいた。

「お奉行、例の二人ですが、もう半月を過ぎますので、いかような処置をいたしましょうか？」

長野半左衛門が困った顔で聞いた。

「権太と川中島之助か？」

「はい、二人とも強情にて往生しております」

「そうか、会ってみよう。権太を砂利敷きに出しておけ……」

「はッ！」

「お奉行、お裁きを？」

「いや、話をするだけだ」

勘兵衛は普段着のまま公事場に出ていった。正式の座には座らず縁側に下りた。

「権太、少しは考えたか？」

「ふん……」

「そうむくれるな。調べたのだが多摩川《たまがわ》の傍に母親がいるそうだな？」

「おっかあには関係ねえ！」

「そうだが、お前がそう強情だと二つの方法しかなくなる」

「ふん……」

「一つはお前の母親の力を借りるか、もう一つはお城の右大将さまに裁決をお願いすることだ。どっちがいい？」

「ふん……」

「わしに任せるか？」

「嫌だ！」

「そう駄々をこねるな。違いを教えよう。母親にそなたを下げ渡す、そのかわり母親から、権太が今度奉行所に迷惑をかけたら、二人の首を差し出すと約定《やくじょう》してもらう」

「奉行ッ、汚いぞッ！」

「そうだ。奉行は汚いことを平気でやる。それはな、この江戸を一人で守っているからだ。もう一つは城の右大将さまに、見せしめに権太の首を斬ると願い出ることだ」

「笠をかぶっただけで打ち首かッ！」

「そうだ。それが天下を治めるご法というものだ。ご法は非情、無慈悲《むじひ》である。権太、いずれを選ぶ。奉行からしてやれる最後の慈悲だ。自分で選べ……」

「クッ、打ち首は嫌だ」

遂に、強情な権太が降参《こうさん》した。

「そうか。半左衛門、権太の母親を連れてこい」

「はッ！」

その日のうちに、権太の母親と雇い主の親方が奉行所に現れ、奉行所の約定書に爪印《つめいん》を押して権太をもらい下げていった。

一筋縄でいかないのが川中島之助と名乗る浪人だった。

川中島とは武田信玄と上杉謙信《うえすぎけんしん》が戦った信濃の戦場を洒落《しゃれ》たつもりなのだろう。

翌日、浪人が砂利敷の筵《むしろ》に座った。

「島之助、入牢《じゅろう》して半月になるが心配しておる者はいないのか？」

「おりません」

「ほう、天涯孤独の身か?」

「そうです」

「おそらく、そなたはすべてをわかっているはずだ。その上でこの奉行か、お城の右大将さまか、伏見城におられる将軍さまに戦《いくさ》を仕掛けているのであろう」

「はい……」

「ならば、この戦はそなたの負けだ。どこのご家中かは聞かない。奉行はそなたほどの者は惜しむ。勿体ない命だとは思うが、死に場所を探しておられるようだから、右大将さまから死罪の沙汰《さた》をいただいてまいる」

「かたじけなく存ずる」

「切腹をさせてやりたいが無理だ」

「覚悟しております」

「斬首《ざんしゅ》と磔刑《はりつけ》のいずれを望まれるか?」

「お奉行にお任せいたす」

「そうか、言い残すこと、伝えること、辞世《じせい》などはあるか?」

「ございません」

「わかった」

翌日、勘兵衛は老中に斬首を願い出た。城から下がると勘兵衛は着替えて、瓢《ひょう》簞《たん》を下げて公事場に出て行った。

「島之助を出せ……」

牢番に島之助を連れてこさせる。

「島之助、ここに上がれ……」

勘兵衛は砂利敷から二段上の縁側の上段に島之助を上げた。そこは武士の座である。

「飲むか？」

「はい、頂戴いたします」

「右大将さまにお願いした。数日中に沙汰があろう」

「お手を煩わせます」

勘兵衛が懐から大きめの盃《さかずき》を出して島之助に渡した。

「人の一生は数十年の違いだ。百年も違うわけではない」

「如何《いか》にも……」

勘兵衛が瓢簞の酒を盃に注《つ》いだ。

「公事場で酒は不謹慎だが、そなたをここに座らせたかった」

「格別のおはからいをいただき感謝申し上げます。よろこんでご酒を頂戴いたします」

盃を捧《ささ》げ、ゴクッゴクッと喉を鳴らした。

「もう一献、どうか?」

「黄泉《よみ》への一献、甘露《かんろ》にございました」

勘兵衛はおそらく名のある武将だろうと思った。戦いに敗れるということはこういうことなのだ。二人の様子を宇三郎と青田孫四郎が控えて見ている。

島之助は黙って砂利敷に下りてから勘兵衛に平伏し、微《かす》かに微笑《ほほえ》んで牢に歩いて行った。

「お奉行……」

「見たか?」

「はい、どちらのご家中でしょうか?」

「関ケ原で生き残ってしまったのであろう。宇三郎、あれが武士の意地だ」

「はい……」

「惜しい命だな」

公事場は裁きの場であり神聖な場である。勘兵衛は島之助との別れの場にした。

数日後、老中から右大将の裁断が下された。

勘兵衛が上申した通り川中島之助は斬首と決まり、奉行所の仮牢から石出帯刀《たてわき》の伝馬町牢屋敷に送られ、処刑の日を待つことになった。

第九章　辻斬《つじぎ》り

牢《ろう》屋敷は初め、常盤橋《ときわばし》御門外にあったが伝馬町に移転した。

暑い盛りが過ぎて、伝馬町牢屋敷にいた島之助が伝馬町刑場で処刑された。伝馬町牢屋敷は二千六百坪と広大で刑場も備えていた。

この後、慶安《けいあん》年間に品川の鈴《すず》ケ森《もり》刑場、千住の小塚原《こづかはら》刑場、八王子の大和田《おおわだ》刑場の三大刑場が整備される。

伝馬町牢屋敷の囚人には独特の掟《おきて》があって、いびきが大きいという理由や、牢外からの差し入れがないなどの理由で、牢内殺人なども起きたが、町奉行も牢屋奉行も手出しはできなかった。

牢内から病死ですと届け出がある。

伝馬町牢屋敷は最大で四百人ほどの収容が可能だった。

秋になって、南町奉行所が八代洲河岸《やよすがし》にできるようだと耳に入った。

登城すると大久保忠隣から、南町奉行として土屋権右衛門重成《つちやごんえもんしげなり》を紹介された。名前はよく知っていたが、どのような人物かは知らなかった。

これで南北町奉行が揃《そろ》い、月番《つきばん》交代ということになった。

八月に北町奉行が月番で北番所の大門を開き、翌九月には南町奉行が月番で南番所の大門を開く、すると北町奉行所は大門を閉じて隣の小門から出入りする。

十月になれば、また北町奉行所が大門を開くという塩梅《あんばい》だ。

月番でないからといって休みではない。

それまで北町奉行所が扱った訴訟や事件の後始末や、継続して探索したり活動は続いている。

奉行所に北はこの区域、南はこの区域というような担当区域割はなかった。

従って、北番所の月番に事件が多いとか、南番所の月番に訴訟が多いなどということがあった。事件が重なったりすると探索に忙殺される。

「それでは、来月からよしなに……」

「行き届かないことが多かろうと思います。なにとぞ、よろしくお願い申し上げます」

北町と南町は仲が悪いように言われがちだが、そういうことはまったくなかった。

南北両奉行はほぼ毎日会うわけで、南北の与力や同心は同じ場所の八丁堀役宅に住んでいて、大いに交流もあって南北は仲が良かった。

両奉行所にかかわることがあれば、老中との話し合いの中で必ず決着をつけた。

与力同士や同心同士が南北でこじれることは皆無だった。

担当区域割などがあると、その区割り境で悶着《もんちゃく》が起きるものだが、江戸城下全体を月番で交代ということであれば、さっぱりしたものだった。

この頃、南北に奉行所ができたからか、江戸はほんのしばらく静かで事件は起きなかった。

時蔵が追われたことで一味も江戸から姿を消し、与力、同心の探索に何も引っかかりがなかった。

笠《かさ》の件でも川中島之助が笠をかぶって城下に入り、鬼の勘兵衛に処刑されたと江戸府内だけでなく、東海道筋や甲州街道筋、中山道筋などに広がって、ほとんど笠の件で引っかかる者がいなくなった。

江戸は静かだが、将軍家康のいる伏見と京では事件が頻発《ひんぱつ》して、三年前に京町奉行（後に京都所司代）に就任の板倉勝重《いたくらかつしげ》が、きりきり舞いをさせられていた。

その盗賊は誰いうともなく、凪《なぎ》の左近《さこん》とか阿弥陀《あみだ》の十兵衛《じゆうべえ》といわれている。

凪の左近は京の後藤四郎兵衛《ごとうしろべえ》家という彫金屋から、秀吉の天正大判金三百枚を盗《と》ったというのだ。

正確には三百二十三枚で、小判にすれば三千二百三十両以上ということになる。

その金蔵には凪と書かれた紙片が落ちていたという。

凪とは静かな海のことだ。

阿弥陀の十兵衛は、京の寺の中でも裕福だという妙心寺《みようしんじ》から千八百両ほどを盗った。その金櫃《かねびつ》の中には、梵字《ぼんじ》の阿弥陀が刻印された紙片が入っていた。

阿弥陀如来が頂戴《ちようだい》したということなのだろう。

阿弥陀の十兵衛は凪の左近の配下で、左近は時蔵と仁右衛門の実弟だった。時蔵三兄弟の組織は、勘兵衛が考えているような小さなものではなかった。

その全貌は江戸から大阪、堺、西国、九州まで広がっていた。

実は三兄弟の狙《ねら》いは将軍家康と右大将秀忠の命だった。

そんなある日、勘兵衛が城から下がってくると、奉行所で鬼屋長五郎と女鳶《とび》お滝が待っていた。

「おう、来ておったか。裃《かみしも》を脱ぐ、しばし待て……」

二人を待たせて喜与が勘兵衛を着替えさせる。お滝と犬猿の仲のお幸が怒った厳しい顔だ。

「待たせたな」

「いいえ、ついさっきまいりましたので……」

「お滝、元気か？」

「うん、早くしないと婆《ばあ》さんになるよ」

「婆さんになってもお滝ならもらうから心配するな」

「はい！」

元気よく言ってニッと笑う。

「お奉行さま、例の駿府の庄司でございますが……」

「何かわかったか？」

「庄司甚右衛門というのはまだ三十歳ですが、駿府城下に娼家《しょうか》を開き、なかなかに繁盛しております」

「北条家の家臣というのは誠か？」

「はい、お奉行は駿府の二丁町遊郭《にちょうまちゆうかく》の経緯はご存じかと思いますが？」

「知っている。あれは信長公が亡くなられてすぐだから、天正十三年（一五八五）ごろに家康さまが老後のためと仰せられて、駿府城の築城を始められた。多くの人々が集まり一所懸命だった。その労をねぎらうため家康さまは遊女や歌舞伎者《かぶきもの》を集められたのよ」

「へい、そう聞いております」

「ところが男とはあさましいもので、遊女らをめぐって争いが絶えなかった。そこで家康さまは仕方なく遊女たちを追放されたのだ」

勘兵衛は二十歳を過ぎた頃のことを思い出していた。

「それを見た家康さまの鷹匠《たかじょう》伊部勘右衛門《いべかんえもん》殿が隠居願を出して、遊郭を許してほしいと言われたのよ」

「鷹匠の方が？」

「うむ、家康さまは伊部勘右衛門殿の考えを理解されてその願いを聞き入れたのだ」

お滝も身を乗り出して勘兵衛の話を聞いている。

「すると伊部殿は安倍川《あべかわ》の近くに一万坪の土地を購入、ご自分の故郷である伏見や京から人を集めて、遊郭伏見屋を始められた。それが駿府二丁町遊郭の始まりだ」

「お奉行さまはそこに行ったの？」

「お滝、その頃のわしにはいい人がいたのよ」

「ふん、お喜与さま？」

お滝がいたずらっぽくニッと笑う。

「そこで庄司甚右衛門が娼家を始めたということですか？」

「そうなるな……」

「近々、江戸に出るという話があるそうです」

「ほう……」

あり得る話だと勘兵衛は思う。

「近頃、江戸にも娼家が増えたというからな」

「うちの若い衆でもそこに入り浸《びた》っているのがいるよ」

お滝が怒ったように言う。

「幾松か仙太郎《せんたろう》か？」

「そんなとこでござんす」

「お滝、叱るなよ。若い者を……」

「ふん……」

「お奉行、こんなお転婆《てんば》娘でよろしいでしょうか？」

「いいよ。充分だ」

「そうですか、願ってもないことで……」

「なんだか変だな？」

お滝が二人の話の風向きが違うことに気づいた。

「文左衛門殿の嫁だ」

「ゲッ、嫌だあッ、あんな青瓢簞《あおびょうたん》ッ、勘兵衛がいいよ！」

「こらッ、お奉行さまを！」

「好きだものッ、勘兵衛を好きなんだもの！」

「お滝、彦野文左衛門は鹿島新当流の使い手だぞ」

「嫌だッ。勘兵衛の嘘《うそ》つきッ。怒ったんだから、絶対にあんな青瓢簞、嫌だからねッ！」

「そんなに嫌か？」

「嫌だ。勘兵衛がいいッ！」

さすがの鬼屋長五郎も頭を抱えるしかない。わがまま勝手に育てたのだから後悔しても後の祭りだ。

勘兵衛もこうはっきり好きだと言われては、説得のしようがない。

確かに彦野文左衛門は賢く腕もたつのだが、ひょろりと見た目が頼りない。お滝なら釣り合うと考えたが余計なお世話だったようなのだ。

「わかった。この話はなかったことにする」

「本当！」

「ああ、本当だ」

「お奉行さま……」

「長五郎、仕方あるまいよ。あきらめろ。婆さんになったらわしがもらう。短い一生だ。お滝らしく生きてみろ！」

「うん、やっぱりお奉行さまだ。話がわかる」

こうなると長五郎は次の言葉が出ない。

三人のやり取りを隣の部屋で喜与と鬼のような形相のお幸が聞いていた。

長五郎とお滝が帰ると、お幸に茶を持たせて喜与が現れた。

「出てくる間合いが取れなかったか？」

「はい……」

「茶が冷めてしまいました」

「苦いか？」

「はい……」

「お幸、怒るな。町家の娘はあんなものだ」

「はい、ですが……」

「女鳶のお滝さんか……」

　喜与が言う。

「どうした？」

「あんなに威勢良く生きていたら楽しいでしょうね」

「奥方さま……」

「若いうちだけだ。分別が出てくるとおとなしくなる」

　そう言ってグッと冷めて苦い茶を勘兵衛が飲んだ。

「お奉行！」

「うむ、宇三郎か、入れ……」

「失礼いたします」

廊下に座っていた宇三郎が戸を開けて入ってきた。

「何かあったか？」

「はい、根津権現《ねづごんげん》の参道にて人が斬られましてございます」

「武家か町人か？」

「まだわかりません。只今《ただいま》、青田殿、赤松殿が向かいましてございます」

「知らせてきたのは？」

「本宮長兵衛の使いの者でございます」

「上野不忍《しのばず》辺りを長兵衛が見廻《みまわ》っていたのだな？」

「はい、近頃、池の周囲に茶屋ができ、賑《にぎ》わってきたと言っておりました」

「そうか……」

この頃、江戸城下での殺人事件は珍しくもなかった。

信長の後に秀吉が天下統一して、今は家康が将軍となったが、乱世の殺伐とした風潮はあちこちに残っていた。

その一つが辻斬《つじぎ》りの横行だった。

ほぼ毎日現れる辻斬りに、家康は二年前の慶長七年（一六〇二）に辻斬り禁止令を出した。

辻斬りをした者は死罪という厳罰で臨んだが、辻斬りには流行《はや》りがあって、泰平になり戦がなくなったからか、次々と連続して出現する。出ない時はパタッと止まる。

ことに道幅が百間と原っぱのように広い番町《ばんちょう》、牛込《うしごめ》辺りには、毎晩のように辻斬りが出て、見廻りの同心の警戒も容易ではなかった。

勘兵衛は見廻りの同心を増やして警戒したが、その間隙《かんげき》を縫《ぬ》うように現れて通行人を斬り倒すのだ。

辻斬りの理由は色々で、刀の切れ味を試す、憂さ晴らし、金品を奪うため、剣の腕試しなどだが、中には千人斬りを成就すると、悪病、死病が治るなどと信じて殺人鬼になる者もいて、斬られる方はたまったものではない。

そういう凶悪な辻斬りは、腕もたつので捕らえるのが厄介《やっかい》だ。

勘兵衛は、辻斬りが頻発する牛込辺りは、特別に小野派一刀流の与力青田孫四郎の担当にしている。

同心も小野派一刀流の三人組で木村惣兵衛、林倉之助、朝比奈市兵衛という剣の使い手の見廻り区域にしていた。

四人には油断なく見廻りをし、もし運よく辻斬りと出会った時は、躊躇《ちゅうちょ》なく斬り捨ててもよいと命じてあった。一瞬の判断で斬らないとこっちが斬られる。

血に飢えた者は人を殺すことに情けはない。

辻斬りというのは古く、古代ギリシャのスパルタでは、公認の辻斬りというものがあったほどだ。

日本では鎌倉後期頃から流行することになった。

夕刻、青田孫四郎と赤松左京之助が根津権現から戻ってきた。二人が宇三郎に連れられて勘兵衛の部屋に現れた。

「ご苦労……」

「只今戻りましてございます」

「斬られたのは誰だ？」

「はい、上野不忍池の茶屋の男にございました」

「職人か？」

「はい、死骸《しがい》は引き取られていきました」

「物盗りか？」

「いいえ、盗られたものはありません。気になりましたのは致命傷の傷ですが、数日前に牛込で斬られた浪人の傷と酷似しております。真正面からの傷で、右肩から左わき腹へ袈裟《けさ》に斬られておりました」

「同じ犯人か？」

「はい、同じ辻斬り犯かと考えてまいりました」

辻斬りの傷を多く見てきた青田孫四郎には、傷の微妙な違いまで分かる。牛込の辻斬りと根津の辻斬りは、明らかに同じだと見た。

「牛込と根津権現ではずいぶん離れているが？」

「根津は今朝の犯行にございます。男が参拝した後、運悪く辻斬りに出会ったものと思われます」

「そうか、すると城下を凶悪な辻斬りが徘徊《はいかい》していることになるな？」

「はい、危険にございます」

「左京之助はどう思う？」

「はッ、青田さまと同じように考えております」

「どこに出るかわからない辻斬りか？」

この青田孫四郎の勘は的中する。

その夜、上野不忍池の畔《ほとり》で人が斬られた。

本宮長兵衛が見廻った後だった。朝比奈市兵衛が駆けつけて傷を見た。根津権現と同じ袈裟斬りの傷であることを確認した。

不忍池は美しい池で上野山と本郷《ほんごう》台地の間にあり、忍ケ丘《しのぶがおか》と呼ばれていたのがその池の名の由来だとか、その畔で人目を忍んで男女が逢瀬《おうせ》を重ねるからともいう。

この頃はまだ弁天島《べんてんじま》は築かれていなかった。

池の畔には茅葺《かやぶき》の茶屋がポツポツでき始めて、人が集まる場所になっていた。

この後、二十年後に上野山に東叡山寛永寺《とうえいざんかんえいじ》を幕府が建立すると、江戸城下の景《けい》勝《しょう》の地として爆発的に発展することになる。

その片鱗《へんりん》が見えてきていた。

室町《むろまち》期の初めの頃、京の東寺の門前で「茶湯《ちゃのゆ》一服一銭《いっぷくいっせん》」と、安価に始めたのが喫茶《きっさ》の始まりで、やがて寺々の門前には赤毛氈《あかもうせん》の茶屋が並ぶようになった。これらが発展して水茶屋《ぢゃや》とか掛《かけ》茶屋という。

上野や浅草では特に盛んになり、他の茶屋と区別して白湯《さゆ》に塩漬けの桜の花を浮かべたりすると、洒落《しゃれ》のきいた客は茶代百文も置いていくのだった。

相場は二十文から場所によっては五十文ぐらいまでである。団子なども出すが江戸は何《な》んでも高い。

それが発展して出合茶屋になると趣《おもむき》がガラッと変わる。

男女の逢引《あいびき》の茶屋で酒も出て、何んとも艶《つや》っぽい森閑《しんかん》とした茶屋になる。待合とか待合茶屋とも呼ばれた。

この待合茶屋が遊戯《ゆうぎ》の場として、やがて芸妓《げいぎ》を入れるようになり料亭《りょうてい》、割烹《かっぽう》などへと発展していく、その嚆矢《こうし》が上野不忍池だった。

「不忍周辺の旅籠《はたご》、茶屋をことごとく調べろ！」

勘兵衛は既に辻斬りは逃げたとわかっていたが、こういう繁華《はんか》な場所は、時々手入れをしないと悪人どもの根城《ねじろ》になりやすい。

笠をかぶって顔を隠し、茶屋の周辺をウロウロしている遊び人風の連中が二十数人も捕まった。

望月宇三郎と長野半左衛門が中心になって取り調べ、茶屋から後朝《きぬぎぬ》の別れで出てきた色男とか、人の女房と待ち合わせしていた間男《まおとこ》とか、店の女と逢引して泣いて謝る大店の番頭とかはすぐ帰された。

本宮長兵衛の顔見知りもきつく叱られて帰された。

「お奉行、強情なのが六人も残りましてございます」

「ほう、六人とは多いな。名は白状したか？」

「いいえ、六人とも頑《がん》として何も喋《しゃべ》りません……」

「半左衛門、どうだ？」

「はい、二人ほど気になる者がおります」

「その二人を駿河問状《もんじょう》にしてみろ……」

「殿ッ！」

「お奉行さま……」

二人は勘兵衛の言葉が信じられないというように叫んだ。

「いきなり？」

「やってみろ。そ奴《やつ》らは笠をかぶったぐらいでと甘く考えているのだ」

「はッ！」

勘兵衛のいう駿河問状とは駿河問《ど》いともいう残忍残酷無比《ざんにんざんこくむひ》、最強の拷問《ごうもん》である。

この五年後に駿府町奉行に抜擢《ばってき》される彦坂九兵衛光正《ひこさかきゅうべえみつまさ》という男が考案した拷問で、罪人を腹ばいにして両手両足を背中の後ろで縛り上げる。ここまではよくある拷問だが、それを三、四尺（約九〇～一二〇センチ）も吊《つ》るし上げる。

吊るし責めというのは古くからあり、両手吊り、逆さ吊りなどだが、海老反《えびぞ》り吊るしというのは駿河問状だけだ。ここで誰もが白状するが、強情だとその背中に石を乗せるのだから背骨が折れそうになる地獄の苦しみだ。

「宇三郎、二人を駿河問状にかけている間に、牢内の四人を物陰から見ておれ。悲鳴に動じない男がいたらそれこそ怪しい男だ」

「はい……」

二人は勘兵衛のいう駿河問状の意味が分かった。

すぐ一人が牢から引き出され駿河問状にかけられた。

男は吊るされるまでは横着な顔だったが、吊るされた途端《とたん》ギャーッと凄《すさ》まじい悲鳴が響き、男はコソ泥であちこちに盗みに入ったことをすべて白状した。

もう一人も牢から引き出されると、既に悲鳴を聞いて怯《おび》えていた。駿河問状にかけられる前に自分の悪事を白状した。

「どうだ？」

戻ってきた宇三郎に勘兵衛が聞いた。

「はい、怪しいのが一人おります」

「やはり、いたか。牢の四人に名を聞け、みな答えるだろう。もしそれでも強情を張る者は駿河問状にかけて構わないぞ」

「はい、早速に……」

その日のうちに牢内の者は全員が名乗って、宇三郎が怪しいと言った男は、上野《こうずけ》の碓氷《うすい》から江戸へ働きに来た紋蔵《もんぞう》と名乗った。

百姓が嫌いで逃げ出してきたので逃散《ちょうさん》ではないと主張した。

逃散とは何か訴えることがある時や重い課税に耐《た》えられない時など、百姓が土地を捨てて逃げ出すことで、古くからあることだった。

幕府や大名などの領主が逃散を厳しく禁止しているが、江戸の発展とともに仕事を求めて流れ込んでくるのは日常的だった。

「宇三郎、罪を白状した者は解き放っていいが、紋蔵には厳重に見張りをつけろ。碓氷の百姓とは思えないところがある。見失わないように交代で見張れ……」

「はい、承知いたしました」

「今日も辻斬りが出るかもしれないぞ。見廻りは二人一組で単独行動は禁ずる」

「はい！」

「紋蔵の見張りは、長五郎の配下にも手伝ってもらえ……」

勘兵衛の勘では、紋蔵の後ろには何人かの仲間がいるように思う。逆に辻斬りは一人だけの孤独な殺人鬼であるように思う。

宇三郎と半左衛門が紋蔵の方を担当、藤九郎と孫四郎が辻斬りの方を担当した。文左衛門はいつものように勘兵衛の登城など身の回りのことを担当する。同心だけの見張りでは何日も続くのは辛《つら》い。

鬼屋長五郎からは幾松、嘉助《かすけ》、仙太郎の三人が手伝うことになった。

その同心は、十数人がそれぞれ町人に変装して見張ることになった。

紋蔵は上野不忍から浅草に向かう通りから奥に入った、庭に幹が一抱《ひとかか》えほどもある梅ノ木のある百姓家に住んでいた。女房なのか女もいる。

見張りのしにくい場所の百姓家だったが、遠巻きにして四方に見張りを配置した。都合よく百姓家の裏に小さな寺と墓地があった。

そこが見張りの連絡場所になった。

一方、辻斬りの見廻りに同心が増やされた。ただ、この辻斬りはどこに現れるかわからず見廻りが難しい。

青木藤九郎は自分も入れて剣や槍《やり》の使い手を集めた。

与力の青田孫四郎と木村、林、朝比奈の一刀流三人組、富田《とだ》流の松野喜平次、柳生流の本宮長兵衛と倉田甚四郎《くらたじんしろう》、槍を使う佐久間八右衛門《さくまはちえもん》と島田右衛門《しまだうえもん》など、北町奉行所の自慢の剣客《けんかく》たちだ。

その夜、番町を見廻っていた青田孫四郎と木村惣兵衛の二人組が、斬り合いの最中に出くわした。

「辻斬りだッ！」

叫び声に、孫四郎と惣兵衛が甲州街道を内藤新宿に向かって走った。

道に捨てられた提灯《ちょうちん》が燃えている。

孫四郎が太刀を抜いて辻斬りに斬りつけたが、キーンと刀を跳ね上げて辻斬りの逃げるのが一瞬速かった。

「待てッ！」

体勢を立て直して孫四郎が辻斬りを追った。その時、辻斬りに斬られた男がよろっと道に倒れ込んだ。

「大丈夫かッ？」

惣兵衛が倒れ込んだ男の前で立ち止まった。斬られたのは武家だった。

「無念……」

「しっかりしろッ！」

「刀を頼む、大番組《おおばんぐみ》だ……」

それだけ言ってこと切れた。孫四郎が辻斬りを追っていった方を見たが、闇が広がっているだけで燃えた提灯が消えようとしていた。

間もなくして孫四郎が戻ってきた。

「逃げられた。斬られたな？」

「はい、最後に刀を頼む、大番組と申しました」

「大番組だと？」

この番町は大番組の一組から六組までの役宅があり、そのためにこの辺り一帯が番町と呼ばれている。将軍の近辺を直《じか》に護衛するのが旗本の大番組で、旗本でも重要な仕事である。

「そういうことか……」

孫四郎は斬られた武家の太刀を抜いた。

「大番組が太刀も抜かないで、辻斬りに斬られたというのではまずかろう。内密に……」

「わかりました」

屈《かが》み込んで死体に刀を握らせてその顔を見た。

「んッ、前野《まえの》さまではないか？」

孫四郎が、その死体が道場の兄弟子だと気づいた。

「惣兵衛、斬られたのは前野久太郎《きゆうたろう》さまではないか?」

「ええッ!」

同じ小野派一刀流の木村惣兵衛が覗《のぞ》き込んだ。

「そうです。前野さまです。青田さま、どうしましょうか?」

「惣兵衛、この辻斬りはなかったことにしよう」

「はい……」

「お屋敷はこの先だ。お知らせしてくる!」

孫四郎が走って行った。

惣兵衛は前野久太郎の剣の腕を知っている。太刀を抜かないで易々《やすやす》と斬られたとなると、辻斬りの腕は尋常ではない。

その辻斬りが見ているような気がして辺りを見回した。

遠くに提灯が出てきて近づいてくる。

前野家の家臣たちを孫四郎が連れてきたのだ。亡骸《なきがら》は戸板に乗せられ素早く屋敷に戻って行った。

「これでいい。これでいいのだ」

「はい、前野さまほどの剣士が斬られるとは？」

「うむ、闇からの不意打ちでは仕方あるまい。今夜は奉行所に戻ろう」

二人は急いで呉服橋御門内の奉行所に戻った。

第十章　追分《おいわけ》の清太郎《せいたろう》

夜半前で望月宇三郎は起きていた。

「只今戻りました」

「お疲れさまです」

「お奉行は？」

「お休みになられたばかりですが……」

「急ぎのことなのですが、いかがいたしましょうか？」

「辻斬りのことですか？」

「そうです」

「わかりました」

宇三郎が奥に行くとすぐ勘兵衛が現れた。

「どうした？」

座りながら聞いた。

「先ほど、番町にて辻斬りと武家の斬り合いに遭遇《そうぐう》しました。追いついて斬りつけたのですが、一瞬遅れまして逃げられました」

「追ったのか？」

「はい、追いましたが足が速く逃げられました。斬り合いの場所に戻ると武家が斬られており、惣兵衛が介抱していましたが、既《すで》にこと切れていました」

「袈裟《けさ》斬りか？」

「はい、惣兵衛に大番組と言い残したそうにございます」

「大番組だと？」

「はい、それが武家の顔をよく見ますと、同じ道場の兄弟子の前野久太郎さまでございました」

「大番組の前野さま？」

「はい、小野派一刀流の使い手にございます」

そこまで聞いて勘兵衛は、孫四郎の言いたいことを察知した。

「嫡男はいるのか？」

「はい、十二、三歳と聞いております」

「出仕できるな?」

「はい、すぐお屋敷にお知らせして、遺骸を引き取っていただきました」

「うむ、それでよい、よい機転だ」

「恐れ入りまする」

三人で話し合っていると惣兵衛が「番町の前野さまからご用人がおいでにございます」と告げた。

「よし、来たようだな」

「お通ししろ……」

宇三郎が惣兵衛に伝えた。

「夜分に恐縮です」

腰の低い老人が慌てた風で、鞘ごと抜いた太刀を握って現れた。

「前野家用人、石川左門《いしかわさもん》と申します。北町のお奉行さまにはお初に御意《ぎょい》を得まする」

「米津勘兵衛です」

石川老人が「先ほどは……」と孫四郎にも頭を下げた。それを合図に宇三郎と孫四郎が立って部屋を出た。

「お奉行さま、前野家は二千五十石の旗本大番組にございます。この度はご厄介をおかけいたします」

「それはよろしいのだがご嫡男は十三歳とか？」

「はい、まだ若輩《じゃくはい》ですが、なかなかに聡明な若殿にございます」

「それは結構なことです。それでお届けはどのようにお考えか？」

「病死ということで……」

「そうですか。承知いたしました」

「まことにかたじけなく存じまする」

「お気になさるな」

「後日改めまして。夜分にて失礼いたしまする」

「お気をつけて、警固《けいご》は何人ですかな？」

「はい、若い者を七人連れてまいりました」

「そうですか……」

老人が座を立って部屋を出ると、宇三郎と孫四郎と惣兵衛が大玄関で見送った。宇三郎が部屋に戻ると勘兵衛は寝所に消えていた。

寝所では喜与が起きていた。

「事件ですか？」

「うむ、大番組の旗本が斬られた」

「お亡くなりに？」

「そうだ。それでお城に病死と届けるとの相談だった。迂闊《うかつ》なことをすると旗本でも減封《げんぽう》、改易《かいえき》があるからな」

「そうですか？」

「よくあることだ」

そう言って勘兵衛は横になるとすぐ寝息を立てた。

宇三郎は眠そうな顔でいつまでも起きていた。孫四郎と惣兵衛は一日中歩き回ったこともあり、そのまま奉行所に泊まってしまった。

この日を最後に袈裟斬りの辻斬りが現れなくなる。

翌日、いつものように登城して昼過ぎに戻ってくると、昨夜の石川老人が前野家の若殿を連れてきていた。

前髪で元服《げんぷく》の済《す》んでいない少年だ。

「前野久太郎が一子、文殊丸《もんじゆまる》と申します。お奉行さまには大変なご厄介をおかけいたしました。このご恩は終生忘却《ぼうきやく》いたしません。些少《さしよう》ではございますがお納め願いまする」

なかなか立派な挨拶をする。

「お心遣い痛み入ります。若君はまだ元服前と拝察《はいさつ》いたしました。これは奉行からの元服祝いでござる。お受け取り願います」

二百両はあるだろう袱紗《ふくさ》包みをそのまま文殊丸に返した。

「あのう、それでは困るのですが？」

戸惑った顔の少年だ。

「老人、元服はいつか？」

「はい、本日、帰りましてすぐにございます」

「それはちょうどよい。若君、大番組は将軍さまのお傍《そば》にお仕えする旗本のお役目、これは奉行からそのお役目に就《つ》かれるお祝いでもある。二重のお祝いです。辛いことや悲しいことは忘れて、将軍さまにお仕えすることのみを考えてください。それが奉行からのお願いです」

「はいッ！」

「お奉行さま、それでは遠慮なく、有り難く頂戴いたします」

石川老人が包みを引き取って目頭を押さえた。

危急存亡《ききゅう》の秋《とき》にある前野家を助けてくれる奉行に感謝だ。老人はこれこそが真《まこと》の三河武士だと思う。文殊丸はこの奉行のような武将になりたいと思った。

前野家は大急ぎで代替わりをしないと難儀なことになる。それを勘兵衛も石川老人もわかっていた。

その頃、浅草の紋蔵も何か危険を感じているのか、見張られていると感じたのか、出歩くことをやめてピタッと動きを止めた。女だけが時々外に出た。

ところが四日目に入って、紋蔵の百姓家に薬売りの男が入り、一言二言話した程度ですぐ外に出てきた。

「あの男を追え……」

「承知！」

赤松左京之助、野田庄次郎、池田三郎太、黒川六之助《くろかわろくのすけ》の四人に幾松が加わって、薬売りからつかず離れず尾行を始めた。

途中で二軒ほど百姓家に立ち寄って薬を売り、何事もないように上野不忍まで来て安宿に入った。こういう宿は商人宿《あきんどやど》とか職人宿、街道では木銭宿《きせんやど》とか木賃宿《きちんやど》などという。

宿場外に置かれ、薪代《まきだい》のみを支払って泊まり、煮炊《にた》きも自分でやる。

上野不忍の商人宿もそんな宿場外の棒鼻宿《ぼうはなやど》に似ていた。

「裏口へ……」

左京之助の指図で野田庄次郎が宿の裏口に走った。その後を幾松が追った。安宿武蔵屋《むさしや》の表と裏が見張られた。

その夕刻、着流しになった薬売りが宿を出た。

「追え……」

与力の左京之助の指図で池田三郎太と黒川六之助とが尾行、裏口の野田庄次郎と幾松も呼び戻されて左京之助と追跡に加わった。

薬売りの男は上野不忍から神田に向かっている。どこか博打場《ばくちば》にでも遊びに行く風情《ふぜい》で歩いていた。

その足が止まって吸い込まれたのが、舟月《ふなづき》という茶屋だった。

こういう外食のできる茶屋が本格的にできるのは、五十年後の明暦《めいれき》頃だが、そういう立派な料理茶屋ではなく、菜飯《なめし》や煮物で飯を食わせるだけの茶屋だ。

奥に二つの小部屋があって客を入れることがあった。酒は出さない。

「踏み込みますか？」

庄次郎が左京之助に聞いた。

「いや、紋蔵を押さえているから大丈夫だ」

左京之助は薬売りを捕まえても何んの証拠もないと思う。拷問にかけてもいいが白状するとは限らない。五人は舟月の表と裏を押さえた。

その頃、舟月の奥の小部屋に一人の老人がいて、着流しの薬売りの男がその老人と会っていた。

「お頭《かしら》、小頭の紋蔵さんは辻斬りの手入れで捕まり、北町奉行所に連れて行かれたそうで、それ以後、見張られているようなのであの百姓家から出ず、お島《しま》の姐《ねえ》さんが世話をしているとのことです」

「そうか、やはり何かあると思っていたがそんなことがあったのか、北町の米津勘兵衛は切れ者だそうだからな……」

「あっしもつけられていると思うんですが？」

「慌てるな。江戸ではまだ何もしていない。だが、このままではまずいな……」

「へい、小頭もお島姐さんもあっしも面が割れておりやす」

「そうだな。今夜中にわしの顔もわかってしまうかもしれない」

「お頭……」

「心配するな。逃げる策はある」

この老人は追分《おいわけ》の清太郎《せいたろう》という盗賊だった。薬売りはその配下の元吉《げんきち》というつなぎの男だ。

「元吉よ、今回の仕事は投げようぜ……」

「お頭……」

「みんなが捕まっては、五百両や千両の銭を手に入れても仕方あるまいよ」

「へい……」

「米津勘兵衛を侮《あなど》ってはならぬ。早く投げて今夜中に江戸を出よう。みんな無事でいれば仕事はまたやる時が来る」

「へい、そういたしやす」

「江戸に入っているのは六人だな？」

「へい……」

「隣の部屋に金太《きんた》がいる。すぐつなぎを取らせるから、お前は紋蔵に知らせてすぐ江戸を出ろ！」

四半刻《しはんとき》ほどで、薬売りの元吉が舟月を出て上野不忍に向かった。

「六之助と幾松は薬売りを追え！」

二人が駆け出した。

「次に出てきた者を庄次郎と三郎太が追え、その次に出てきたのをわしが追う」

「承知……」

三人はしばらく待たされた。出てきたのは二人組で舟月の前で左右に分かれた。それを庄次郎と三郎太が別々に追った。それから四半刻して杖《つえ》を突いた老人が出てきた。

左京之助は一瞬、こんな老人かと思ったが後をつけた。

その老人は神田から本郷《ほんごう》に上って行き、加賀前田《かがまえだ》家の上屋敷の前まで来ると闇の中に消えて見えなくなった。

「しまった！」

左京之助が慌てて中山道を走り出したが、老人は一瞬大木の裏に隠れ、左京之助をやり過ごすと白山《はくさん》神社に下りていった。一度、見失ったものはもう見つからない。

その頃、舟月から最後の客で金太が外に出て行った。

もう追う者がいなかった。

左京之助は走って本郷台から駆け下りて根津権現に出ると、夜道を上野不忍の安宿まで七、八町（約七六三〜八七二メートル）を走った。

安宿の前に六之助と幾松がいた。

「宿から誰か出たか！」

「宿の主人が出ただけで誰も……」

「それだッ、その親父《おやじ》は紋蔵のところだ！」

左京之助が浅草に向かってまた駆け出した。六之助と幾松は訳が分からず、首をかしげながら安宿の表と裏の見張りについた。

それからすぐだった。着流しの元吉が安宿の裏木戸から出た。

その後を幾松が追った。

角を曲がった薬売りを追うため、不用意に角から出たところを、幾松は腹に強烈な当て身を食らってその場にへたり込んだ。

浅草に走った左京之助が戻ってくる安宿の親父と出会った。

「親父、北番所の者だ。言付《ことづ》けは何だ？」

「へい、すぐ出ろ、追分……」

「すぐ出ろ、追分？」

「へい、それだけです」

そこに、親父を追ってきた与力の石田彦兵衛と新人同心の大場《おおば》雪之丞《ゆきのじょう》が駆けつけた。

「石田殿ッ、紋蔵が逃げるぞ！」

「何んだと？」

「戻りましょう！」

慌てている左京之助がまた駆け出し、親父を置き去りに石田彦兵衛が走った。

それを雪之丞が追った。

連絡所の寺に飛び込むと、長野半左衛門と新人与力の中野新之助《なかのしんのすけ》と中村忠吾《なかむらちゅうご》、同心の村上金之助と森源左衛門《もりげんざえもん》が見張り交代の支度をしていた。

「紋蔵が逃げるッ！」

「何ッ！」

太刀を握って五人が寺を飛び出し、八人で紋蔵の百姓家に駆け付け、中野新之助が戸を蹴破った。囲炉裏《いろり》の火が燃えて部屋の明かりがわざと明るい。

「しまったッ、逃げたぞッ、川だッ！」

安宿の親父の知らせで、紋蔵とお島は夜陰《やいん》に紛《まぎ》れて近くの川舟に飛び乗り、大川《おおかわ》に向かって静かに漕《こ》ぎ出した。それを見張りの同心駒井弥四郎《こまいやしろう》が見つけて追った。

「舟を探してこいッ！」

長野半左衛門が中野新之助と大場雪之丞に命じたがその時、川下からピーッと弥四郎の呼子《よびこ》が鳴った。

「川下だッ！」

左京之助が川べりの藪《やぶ》に入っていった。紋蔵を見張っていた者たちが呼子の方に駆け出す。

「弥四郎ッ！」

「赤松さま、あれ！」

弥四郎が指さした方向の川面《かわも》に舟が浮かんでいる。半町（約五四・五メートル）ほど離れているが、わずかな星明かりで影絵のように見えた。

「大川に出るな？」

「そのようです。大川の川上に行くか、川下に行くか？」

「この辺りに舟はないか？」

左京之助は本郷から浅草まで走ってきて足が震《ふる》え、座《すわ》り込みたいほどだ。

「舟は大川に出ればあります！」

「よし、行こう！」

「大丈夫ですか？」

「うむ！」

紋蔵とお島の舟が遠ざかって行く。また逃げられたかと思った。その時、川上から半左衛門と中野新之助と大場雪之丞の乗った舟が流れてきた。

雪之丞が漕ぎ手でフラフラと心もとない。

左京之助のいる岸に着けることもできず、見かねて新之助が棹《さお》を代わった。仕方なく左京之助と弥四郎が大川に向かって走った。

紋蔵の舟は大川に出ると川上に向かった。

この大川は忍川《しのぶかわ》で上野不忍池とつながっていた。この頃はまだ大川とは呼んでいない。入間川《いるまがわ》の下流だった。この後、江戸の水運のために瀬替《せが》えをして、荒川《あらかわ》から水が流れ込むと大きな川になった。その川を隅田川《すみだがわ》と呼び、下流部だけを大川と呼ぶようになる。

半左衛門の舟は男三人で重いが、紋蔵の舟はほかに軽いお島だけで、櫓《ろ》で漕ぎ上るのは有利だ。左京之助と弥四郎も舟を探して紋蔵を追った。

もう紋蔵に二町（約二一八メートル）ほど離されている。

左京之助は安宿の親父の言った「すぐ出ろ、追分……」の、追分について、どこの追分なのか考えていた。その追分であの老人は紋蔵と会うつもりなのだ。翻弄された悔しさが左京之助を奮い立たせる。だが、千住の近くで陸に上がった紋蔵とお島は姿を消した。

第十一章　商人宿《あきんどやど》

追分の爺《じい》さん一味に逃げられ、辻斬りを捕まえ損なった。

事件に総がかりなのだが逃げられてばかりでうまくいかない。それは不慣れだからだと誰もがわかっている。

北町奉行所の与力や同心は、力が抜けて少々意気消沈だ。

勘兵衛だけは前向きで、追分の爺さんは見張られていると察知して仕事を投げて逃げたし、辻斬りは追い詰められたと思っているはずで、出没しなくなったことは収穫だと考えている。

まずいのは時蔵のように仕事をされた上に逃がしたことだ。

そんな時、同心の丹羽忠左衛門《にわちゅうざえもん》が話を拾ってきた。

それは上野不忍の商人宿《あきんどやど》の親父、直助《なおすけ》から聞き込んだ話だった。紋蔵を逃がした片棒《かたぼう》を担《かつ》いだようで、直助は「お奉行所に大きな借りができてしまった」というのが口癖になっていた。

舟月の女将《おかみ》お文《ぶん》も「北町奉行所の米津さまに申し訳ないことをした」と、与力や同心が顔を出すと、お茶でございますと言って酒を出す。

「丹羽さま、うちのような宿には訳ありの客が多いので、先日、小耳に挟んだのですが、凶悪な連中が西から入ると聞きましたんで……」

直助が見廻りの丹羽忠左衛門に囁《ささや》いた。

「凶悪な連中が西から？」

「へい、気になりまして……」

「どんな連中かわからないか？」

「へえ、確か大男がいるとか話しておりやした」

「他には何か聞いていないか？」

「そんなもんで……」

「何か思い出したら知らせてくれ……」

「へい、そういたしやす」

「このことはすぐお奉行に申し上げる」

そこで忠左衛門が走って奉行所に戻った。

話を聞いた勘兵衛はすぐ手配して、品川宿と内藤新宿にそれぞれ十人ずつ与力と同心を配置した。

勘兵衛も人数を揃えて力任せで捕まえようとする。

だが、勘兵衛はわかっていた。与力や同心には向き不向きがあるのだと思う。奉行所の中で訴訟などをやらせれば力を発揮する者、逆に奉行所に座っていられず外廻りや捕り物が向いている者などだ。

それも見極めたい。

この頃は定町廻《じょうまちまわ》り、隠密《おんみつ》廻り、臨時《りんじ》廻りなどという仕組みはまだなかった。捕縛《ほばく》のためには何《な》んでもやらなければならなかった。

与力や同心は勘兵衛の家臣ではないから一人一人がよくわからない。

品川宿には与力が長野半左衛門と結城八郎右衛門、新人の斎藤一之進《さいとういちのしん》と、同心が本宮長兵衛、朝比奈市兵衛など十人、幾松と仙太郎で総勢十二人を配置した。

内藤新宿には、与力が青田孫四郎と赤松左京之助、新人の小杉五郎兵衛《こすぎごろうべえ》と、同心は木村惣兵衛、林倉之助など十人、嘉助を入れて総勢十一人を配置した。

勘兵衛の命令は、六尺（約一八〇センチ）以上の男には尾行をつけることである。そのために街道の見える旅籠に本陣を置く長期戦は覚悟だ。

人手が足りなくなったら追加するということにした。

凶悪と聞いて臨戦態勢をとった。

既に江戸城下に入られてしまったかもしれないが、直助の言葉を信じて万全の防御の陣を敷いた。

手掛かりが見つかれば攻めに転じる勘兵衛の布陣だ。

六尺以上の大男どいうことになれば、日に何十人もいるわけではない。

何んとも頼りない手掛かりだがやるしかない。

品川宿では長野半左衛門、内藤新宿では青田孫四郎の眼力だ。大男の中から凶悪犯を見抜けるかだ。

こんな凶悪犯が来るなどという知らせが入ることはまずない。直助の商人宿のようなところだから入る情報だ。直助のような親父は頑固で口が堅《かた》く漏《も》れることはほとんどないのだ。

勘兵衛が紋蔵のことで直助を咎《とが》めずお構いなしにした。人はそういうことを深く恩に感じるものだ。

「幾松、あの着流しの男を追え！」

「がってんだ！」

幾松が先陣で階段を駆け下りると街道に飛び出した。品川宿は人の出入りが多い。見張るのは西から入ってくる大男だけだ。

「仙太郎、あの槍を担いだ大男を追え！」

「へい！」

幾松に続いて仙太郎がバタバタと階段を駆け下りて街道に飛び出した。

その頃、内藤新宿でも大男の尾行が次々と始まっていた。

一日目、二日目、三日目と続き、尾行しても問題がなさそうなら戻ってくる。出たり入ったり半左衛門の指示で同心たちが駆けまわっていた。

バタバタしていて落ち着きがない。

そんな中で最初に飛び出した幾松が、三日目の夕刻に品川宿ではなく北町奉行所に戻ってきた。

「どうした幾松？」

「望月さま、あっしが尾行した男が三日間もまったく動かないので……」

「旅籠か？」

「いいえ、それが夫婦でやっている小間物屋なんですよ」

「小間物屋？」

「へい、神田の小さな小間物屋で客も近所の者たちばかりです」

「入ったのはその男だけか？」

「それが男ばかり三人なんです」

「何んだと！」

宇三郎が驚いて「ここで待て！」と言い残して勘兵衛の部屋に飛び込んだ。話を聞いた勘兵衛が「そこだ。みなを急いで呼び戻せ！」と命じる。

急に奉行所が騒々しくなった。

石田彦兵衛と倉田甚四郎がそれぞれ品川と新宿に馬を飛ばした。

「幾松、すぐ戻って小間物屋を見張れ、文左衛門と雪之丞が一緒に行くッ！」

「へいッ！」

三人が奉行所から神田に向かった。宇三郎が勘兵衛の部屋に戻ると藤九郎が呼ばれていた。

「宇三郎、その大男が小間物屋に入って三日目だと言ったな？」

「はい、その他に二人が入ったとのことです」

「近いな。その奴らの仕事は今夜か明日だ」

「では、手配りを？」

「うむ、どこを狙っているかだが、その小間物屋から二町以内に大店《おおだな》はあるか？」

「はい、表通りに二軒ございます」

「その二軒は離れているか？」

「いいえ、半町ほどかと思います。廻船《かいせん》問屋の越前屋《えちぜんや》と両替商の三国屋《みくにや》です」

「そこならわしも知っている。おそらくそこに押し込もうというのだろう。凶悪というのだから皆殺しにするつもりかもしれない」

「皆殺し？」

宇三郎と藤九郎が驚いている。どっちの店も二十人以上の奉公人がいるはずだ。それを皆殺しとは悲惨だ。

「宇三郎は小間物屋から奴らを追え、人数は少ないほうがいい。七、八人だ。奴らが仕事場に集結したら包囲して捕らえろ。手に負えぬ奴は斬れ！」

「はい、畏《かしこ》まりました」

「藤九郎は廻船問屋の周りを固めて待ち伏せだ。人数は同心と捕り方二十人もいればいいだろう。捕り方は遠巻きに置け、両替商の方にはわしが行こう」

「お奉行！」

「心配するな、曲者《くせもの》を槍の錆《さび》にしてくれるわ！」

珍しく勘兵衛がやる気を見せた。逃げられてばかりいる同心たちには任せておけない。

「呼子を忘れるな……」

「はい、では支度を！」

宇三郎と藤九郎が出て行った。

「喜与、陣笠《じんがさ》を出せ、将軍さまとの約束で陣笠はかぶってよいことにしたのだ」

「そうでした。では、早速に支度をいたします」

夜になって品川と新宿から続々と戻ってきた。わずかな休息を取っただけですぐ捕り物に出動だ。

「半左衛門と孫四郎たちはわしの傍だ。捕り方は二十人でよかろう」

万全の構えで戌《いぬ》の刻（午後七時～九時頃）に馬に乗って奉行所を出た。

宇三郎と藤九郎は人数を揃えて一足先に神田に向かっている。

その頃、小間物屋には夫婦を入れて十三人がいた。

「お頭、今日の廻船問屋は三千両がところは固いと思われやす」

「そうか、盗らぬ狸《たぬき》の何んとかではあるまいな？」

それを聞いて配下が笑う。

「重くて舟が沈むか？」

「心配あるまいよ」

「まあ、一杯やれや、景気がつくぞ」

一味の中に腕の立ちそうな浪人が二人いた。

「子《ね》の刻（午後十一時〜午前一時頃）に出よう……」

「今夜中に江戸を出るぞ」

「府中国分寺《こくぶんじ》ですな？」

「おう、そこからはバラバラだ。次の仕事は大阪だ。行きがけの駄賃はやるな。足がつくぞ」

「お頭、心配ねえです。懐《ふところ》にたっぷりありやすから……」

悪党は悪党なりに胸算用《むなざんよう》がある。

酒を飲んだり寝転がったりして子の刻を待っている。その一味が逃げ出せないよう勘兵衛はほぼ一町四方に布陣した。

小間物屋の外には、宇三郎と彦野文左衛門と雪之丞たち十人が潜んでいる。

じりじりと刻が過ぎる。

宇三郎が動きはないかと見張っていると、いつの間にか一人、二人とわずかな星明かりの中に影が染み出るように現れた。

「三人、四人、五人……」

幾松が宇三郎の傍で盗賊の人数を数えた。

「十三人だな？」

「よし！」

宇三郎が動いて幾松、文左衛門、雪之丞、同心六人が動き出した。途中で盗賊の二人が分かれて川に向かう。

「雪之丞、あの二人を捕らえろ、三人で行け……」

雪之丞が宇三郎たちから分かれて二人の盗賊を追った。

盗賊の一団は一町足らずを走って、廻船問屋の越前屋の軒下に集結したのを、藤九郎たちが十間（約一八メートル）ほど離れた物陰に散開して見ていた。

「御用だッ、神妙にしろッ！」

盗賊がまさに越前屋に踏み込もうとしたその瞬間、宇三郎が叫びながら抜刀すると道端に飛び出した。

同時に文左衛門が「ピーッ！」と鋭く呼子を吹いた。

そこに藤九郎の率いる同心と捕り方二十人ばかりが殺到してたちまち戦いになった。数に任せての捕り物だ。何がなんでも捕らえる。

「逃げろッ！」

盗賊たちが逃げ出すと、捕り方が梯子《はしご》や棍棒《こんぼう》を持って道を塞《ふさ》ぐ。呼子を聞いた勘兵衛が全員を率いて越前屋に走った。

星明かりの下の乱闘はしばらく続いた。

二人の頬《ほ》っかぶりをした浪人に、宇三郎と文左衛門が向かって行った。刀がぶつかると闇に火花が散る。

宇三郎が手古摺《てこず》っていると藤九郎が加勢に入った。

一方の文左衛門は強い。浪人を越前屋の軒下《のきした》に追いつめていく。

あちこちで脇差や匕首《あいくち》を抜いて戦う盗賊も、多勢《たぜい》に無勢《ぶぜい》では逃げることもままならない。駆けつけた勘兵衛が道の真ん中で槍を立てて戦いを見ていた。

「捕らえろッ！」

勘兵衛の命令で半左衛門と孫四郎が同心を率いて戦いに参入する。

追い詰めた浪人を文左衛門が横一文字に胴を貫《つらぬ》き、辻斬りのように右肩から袈裟に斬り下げて倒した。

　藤九郎も浪人に突進すると居合《いあい》で瞬時に倒した。藤九郎は毎朝、奉行所の道場で居合の修錬に余念《よねん》がない。この後、藤九郎の剣は見事な上達を遂げていく。名人上手といわれる美しい剣だ。

　勘兵衛の前に盗賊の頭と呼ばれていた男が脇差を振り上げて現れた。

「悪党ッ、逃がさぬぞ！」

　勘兵衛が槍を中段に構える。

「どうした。どこからでも来いッ、怖気《おじけ》づいたかッ！」

　勘兵衛が二度三度と男の眼の前で槍をしごいて隙《すき》を見せる。

「来なければこっちから行くぞ！」

　槍を男の顔めがけて繰り出すと、男が思わずのけぞったが槍先が男の耳を掠《かす》った。血がパッと飛び散る。

「悪党ッ、神妙にしろ、年貢の収め時だ。今度は耳ではないぞ。その顔を串刺しにしてくれる。来いッ！」

　勘兵衛の誘いに男が怒りを爆発させた。

「くそッ！」

　斬り込んでくるが踏み出した足を、槍の千段巻《せんだんまき》で勘兵衛が払うと仰《あお》のけに男が転がった。

「捕らえろ！」

「はいッ！」

同心と捕り方が四方から飛びついて高手小手《たかてこて》に縛り上げた。

「殺せッ、殺しやがれッ！」

「そうわめくな。罪状を全て調べあげた上でその首を刎《は》ねてやる。死に急ぐな」

「うるせいッ！」

「引っ立てろ！」

浪人二人は仕方なく斬り殺したが、ほかの十一人はすべて生け捕りにされた。

夜のうちに盗賊十一人は仮牢に入れられ、一味はどこから仕事のことが漏れたのかわからず、顔を見合わせて不思議がっている。

翌朝、丹羽忠左衛門が早速、上野不忍の商人宿に行って親父の直助に経緯を話した。

「そりゃ、ようござんした」

ニッと恥ずかしそうに笑う。

「また知らせてくれよ？」

　そういう忠左衛門に直助はうなずかなかった。

　悪党のことでも密告するのは寝ざめが悪い。直助の商人宿に入ってくる噂《うわさ》は、人には言えないようなものが多いのだ。

　不愛想な親父に戻った直助に「お奉行からの褒美だ」と、紙に包んだ小判三枚を忠左衛門が渡そうとしたが受け取らない。

「そんなつもりじゃございせんです。勘弁してください」

　直助は固辞して受け取ろうとしなかった。

「みんな処刑されるんですか？」

「それはまだわからない。吟味《ぎんみ》して余罪があればそういうことになるだろうな」

「拷問ですかい？」

「お調べのことは言えないのだ」

「そうですか、悪党ですから仕方ないですね」

「うむ、それじゃ親父、また寄らせてもらうよ」

　忠左衛門は直助の気持ちがわからないでもないのだ。

　その日、勘兵衛が登城すると、老中から昨夜の捕り物の話が出てあれこれ聞かれたが、これからの吟味ですと言って逃げた。というのも凶悪犯が多く捕まると、試し切りの問題が起きるのだ。

戦いがなくなり、よい刀が手に入ってもその切れ味がわからないのだ。そのため、将軍家をはじめ、大身の旗本たちから町奉行は試し切りを依頼される。将軍家には腰物《こしもの》奉行というのがいて、その立ち会いのもとで刀の据物《すえもの》斬りというのが行われた。切れ味を試すのだ。

それが町奉行同心の役目の一つだった。

生《い》き胴《どう》といって、罪人を生きたままその胴を斬るのだから容易ではない。江戸中期以降はその生き胴斬りのお役目は、山田浅右衛門《やまだあさえもん》家というのが専門に行うようになる。

もちろん生き胴斬りには作法があった。

勘兵衛は下城すると長野半左衛門と、怪我の治った吟味方与力の秋本彦三郎、同心の野田庄次郎を呼んで、厳しく余罪を調べるよう命じた。場合によっては駿河問状を使ってもよいと拷問を許した。

凶悪と噂される以上、相当な余罪があることは間違いないと見られる。

第十二章　お文《ぶん》

吟味が始まると名前ぐらいしか白状しなかったが、石抱きや駿河問状が始まると、どんなに強情な悪党でも話しはじめる。

ほとんどが京、大阪から西だが、出てくる出てくる、あちこちの押し込みをつなぎ合わせると、一人で五人以上は人を殺している。

奪い取った小判も五千両を超えていた。

実に恐ろしきは皆殺しの悪党ども、小判さえ手に入れば何んでもする外道《げ》たちだ。憎《にく》みて余りあるとはこういう凄惨《せいさん》さを言うのだろう。一晩で女子《おんなこ》どもを含め三十数人を殺害して千両ばかりを奪ったという。

そんな連中に駿河問状の効《き》き目は凄まじい。十日ばかりで一味の余罪がことごとく判明した。一度でも駿河問状を受けると、怯《おび》えて牢の隅《すみ》にうずくまってしまう。

書類に十一人の罪状が列記《れっき》され、老中に裁断がゆだねられると、すぐ全員処刑の沙汰が下った。

この時、旗本から三振りの刀の試し斬りの依頼があった。

試し斬りは生き胴斬りである。

竹の杭《くい》を打ち込み、その間に生きた罪人を挟んで、ドスッと入るように刀の鍔《つば》を重い鍔に付け替えて行われる。

二つ胴、三つ胴など重ねる人数で切れ味を試すが、七つ胴という凄まじい切れ味の刀があった。この試し斬りに僧侶と婦女、賤民《せんみん》の胴は使わないのが決まりだ。

斬る場所は数か所ある。

摺付《すりつけ》は肩、毛無《けなし》は脇毛の上、脇毛、一の胴、二の胴、八枚目、両車は腰の七か所のうちいずれかを指定する。

時代によっては三の胴、本胴などもあった。

江戸幕府は長いので時期によって名称が変わる場合もある。

腕の立つ同心がやるのだが、同時に二人で違う個所を斬る場合もあった。試し斬りというのはほとんどの同心がやりたがらない仕事だ。

そういうこともあって特別に手当てが出る。

開幕《かいばく》二年目で町奉行所は、何んでも引き受けてやらなければならなかった。その一つが生き胴斬りである。

そんな大事件がひと段落すると、宇三郎が深刻な顔で勘兵衛の前に座った。

「どうした？」

勘兵衛が聞くといつもと違い、煮え切らない態度でチラッと喜与とお幸を見る。それに気づいた喜与がお幸を連れて部屋から出て行った。

「お奉行、少々よくない噂がございまして、早めにお耳にお入れしておこうと思いました」

「うむ、何んだ？」

勘兵衛が身を乗り出した。

「お奉行は神田舟月《ふなづき》をご存じだと思いますが？」

「うむ、追分の爺《じい》さんの事件であろう」

「はい、その舟月のお文という女将のことなのですが……」

「ずいぶん艶っぽいと聞いておるぞ。誰ぞが惚《ほ》れたのか？」

勘兵衛は当てずっぽうに言ったのだが的中した。

「はい……」

「お前か？」

「いいえ、それがしには印旛沼《いんばぬま》に妻がございます」

「おう、そうだな。いつ江戸に呼ぶのだ？」

「お奉行のお許しがあればと考えておりました」

「そうか、許す、今許す。どこかに屋敷がいるな。どうだ、この屋敷内に住まいを建てればいい。長五郎に言えば一か月でできるぞ」

「はい……」

話が脇道に入ってしまった。

「それで、お文に惚れたのは誰だ？」

「はい、それが……」

宇三郎は言いにくそうだ。

「宇三郎、わしが当ててみようか。近頃、妻を亡くした者だな？」

「お奉行……」

「妻を亡くして寂しいのだ。そこにお文が同情した。そんなところだろう」

「はい、その通りです」

「もう懇《ねんご》ろなのか？」

「はい、そのようです。昼から酒の匂いがするとか……」

「酒と白粉《おしろい》くさい同心か？」

困った顔の勘兵衛だ。惚れた腫《は》れたが仕事に障《さわ》るようでは困る。

「いかがいたしましょうか？」

「外廻りなら外に出ない内の仕事に変えてみろ……」

「お奉行からの注意は？」

「今はない。少し頭を冷やさせてやれ……」

「承知いたしました」

その日のうちに宇三郎から半左衛門に通達され、同心村上金之助に役替えが命じられた。金之助は妻を亡くして二か月になる。

百か日も過ぎていない寂しい時期だ。つい、舟月の艶っぽいお文にやさしくされてよろめいても仕方ないが、同心としては不覚悟と言われてしまう。それに気付いてほしいのが勘兵衛なのだ。

お文に溺《おぼ》れている金之助にそれがわかるかだ。

その日の夕刻、金之助は役宅に帰らず神田の舟月に消えた。

「金之助さま、どうなさったの、そんな浮かない顔をして……」

お文が可愛《かわい》い人になった金之助を抱きしめる。お文の父親は健在だが母親はだいぶ前に亡くなった。金之助の両親はもういない。

「今日、役替えになった」

「まあ、外廻りから替えられたの？」

「うむ、書き役だ」

「まあ……」

驚いた顔だが金之助を抱きしめて口を吸う。

「いいでしょ？」

有無を言わさず金之助を寝所に連れて行った。

こうなると男はからっきし意気地がなくなる。金之助はそんなやさしい男だった。お文には願ってもない男で可愛くて仕方がない。

親から譲《ゆず》られた舟月をやっていれば何んの不自由もない。金之助にお小遣いぐらいはやれる。

金之助の亡くなった妻もやさしい女で人にうらやましがられた。その妻にお文は似ていていてやさしかった。金之助はいい女に恵まれるのだが、本人が今一つ頼りないというかシャキッとしないのだ。

同心の中には色々な男がいる。それを勘兵衛は見極めたい。

この人は支えてあげないと倒れてしまう、と金之助は思わせるらしい。事実、自分一人では何もできない男なのだ。親譲りの足軽御家人だから同心をやっていられる。

「お茶が飲みたい……」

「あら、気が付きませんで、お酒にしましょうか?」

「お茶がいいよ」

乱れ髪のお文が半裸《はんら》で寝所から這《は》い出してくる。

「今日は泊まっていくでしょ?」

「うん……」

「一人だから役宅は寂しいものね……」

お文のしぐさを見ているだけで金之助はとろけてしまう。できて間のない金之助とお文は誰が何を言っても聞こえない時期だ。

これが喧嘩《けんか》の二、三度もすれば、少し頭も冷えてくると勘兵衛は考えた。ところがこの二人に限って喧嘩をしないのだ。実にまずい。

お文も金之助がいないと夜も日も明けない。

八丁堀の役宅に帰そうとしないというか、帰すと亡くなった妻に取られるとでも思っているようなのだ。

金之助はお奉行がやさしいのをいいことに、お文にどっぷり浸《つか》っている。これ以上、怠惰《たいだ》になったらお奉行に斬られても仕方がない。

浮気じゃなく本気なのだから困ったことなのだ。

半左衛門が時々見かねて注意するが、お文がしっかりしていて朝の奉行所に遅れるようなこともない。

仕事が終わると金之助は舟月に飛んで帰る。

「おい、聞いたか。舟月のお文はいい女らしいな。何んで金之助にだけいい女がくっつくかな……」

「そこが誰にもわからない謎《なぞ》のところだ」

「羨《うらや》ましい限りだよ」

「金之助は奉行所一の果報者《かほうもの》だろうよ」

「役宅に戻っていないらしいぞ」

そんな噂を気にする風もなく金之助はニコニコと機嫌がいい。何んとも能天気な男に見える。

「金之助！」

「はい！」

長野半左衛門が金之助を傍に呼んだ。

「金之助、そなた、舟月のお文をどうするつもりだ？」

「どうすると申しますと？」

「とぼけるな。嫁にするのかと聞いておるのだ」

「そのつもりですが……」

「つもりだ？」

「はい、妻の百か日が過ぎましたらお文に話すつもりでおります」

「また、つもりか、決まっていることはないのか？」

「一生の約束は決まっております」

「ん……」

半左衛門はこの男は何を考えているのだと、真面目な顔でのろけているのかと、のっぺりした締《し》まりのない金之助の顔をにらんだ。

怒りをグッと抑《おさ》え込む。

「そなた、役宅に帰っていないそうだな？」

「はい、このところ、舟月に泊まっております」

「役宅は幕府から拝領したものだぞ」

「あの、貸家にできませんでしょうか？」

「何んだと！」

「貸家にできれば助かるのですが？」

「馬鹿、そなた何を言っているかわかっているのか？」

あきれ返って半左衛門は怒る気力も出てこない。

「舟月から奉行所に通うのか？」

「はい……」

「馬鹿者ッ、何んのための役宅だ。好き勝手をして役人が務まるかッ！」

遂に半左衛門の雷《かみなり》が落ちた。

「万一の時、いつでも出動できるように役宅があるのだ。勝手は許さんッ、お文を連れて役宅に戻れッ、馬鹿者がッ！」

「は、はいッ！」

金之助は半左衛門の怒りに縮《ちぢ》み上がった。だが、幕府も百年を過ぎる頃になると、同心の三十俵二人扶持《ぶち》では生活が苦しくなり、商家から袖《そで》の下をもらったり、拝領した役宅の半分を貸し出して家賃をもらう者も出る。

そうしないと私的に配下で使う岡っ引きなどは雇《やと》えなかった。この頃はまだ、岡っ引きや下っ引きの仕組みや、十手《じって》を持つ習慣や決まりはなかった。

幕府も百数十年を過ぎると、同心の中には養子縁組の形式をとって、同心の御家人株を売り払ってしまう者も出るようになる。

舟月に戻った金之助は、お文に一緒に役宅に行ってくれと懇願《こんがん》した。

「どうしました？」

「与力の長野さまに叱られた。お文を連れて役宅に帰れッ、と。すごい剣幕《けんまく》でな」

「そうなの、お文を連れて行けって？」

「そうなんだ。どうする？」

「うれしいよ……」

金之助を抱きしめて口を吸う。

「いいでしょ？」

「うん……」

好き合ってどうにもならない二人なのだ。

この時、お文は金之助の子を懐妊《かいにん》していた。それはお文だけが知っていた。どうすればいいのかお文は一人で迷っている。

「お酒、飲む？」

「要《い》らない」

「金之助さまはお武家さまでしょ、お文は町人だから……」

「お文……」

「金之助さま！」

こういう問題はこじれると厄介なことになる。同心と町家の茶屋の女将で、子ができているとなるとこじれそうな雰囲気だ。

「今日は役宅に帰るから……」

寝所からのこのこ金之助が出てくる。

「あたしも一緒に行きます」

お文が逃がさないとでもいうように裸で追ってくる。

支度をすると「八丁堀に泊まりますから……」と店の者に言って金之助とお文は手をつないで役宅に向かった。

提灯《ちょうちん》が頼りなく道を照らしている。

八丁堀の村上家はもう一か月近くも使われていない。森閑《しんかん》として人のいない夜の家は寒々しく気持ちが悪い。

「怖いよ……」

お文が金之助の腕にしがみつく。

「お化けが出るか?」

「嫌だよ、怖いんだから……」

「大丈夫だ」

「か、影が怖い!」

「提灯の灯《あ》かりだ。今、灯かりをつけるから……」

お文は怯えて金之助の袖を引いたり、腰紐《ひも》を引いたり、袴《はかま》を引いたり震えている。

「早くして……」

「あッ、油がねえ、どこかに蠟燭《ろうそく》があったな?」

「怖いよう……」

金之助の袴を握ってどこにでもついてくる。

「家の中にいるのは誰だッ！」

外で大声がした。

「ヒィーッ……」

お文が金之助に抱きついた。

「村上ですッ！」

金之助が叫ぶと庭に人が入ってきた。

「金之助か？」

「はい！」

隣の池田三郎太が、誰もいないはずの金之助の家から物音がしたのに気付いて、見廻りに出てきたのだ。ゆらゆらと薄い灯かりを見て誰何《すいか》した。

「池田さま……」

「金之助、そこにいるのはお文さんではないか？」

「はい、夜分、お邪魔しております」

「久しぶりだな。灯かりがあるのか？」

「それが、提灯だけで……」

「これも使え……」

縁側に提灯を置くと三郎太が戻って行った。

「池田さま、怒っていたよ？」

「いつもあれなんだ」

室内が明るくなるとお文が少し落ち着いた。だが、よそで泊まったことがなく、一晩中金之助にしがみついて怖がった。

翌朝、まだ暗いうちに起きても、お文は何もしないで金之助に抱きついている。

「朝餉《あさげ》は？」

「これから舟月に行って朝餉をしてお奉行所へ、ね……」

「うん……」

二人は出かける支度をすると神田に向かった。実は、お文には大きな秘密がある。舟月で生まれ育ったお文は朝餉や夕餉の支度が全くできない。

一人娘のお文は、何もしない上《あ》げ膳据《ぜんす》え膳のお姫さまで育ったのだ。

舟月から離れては生きていけない。飯を炊《た》いたことすらない。それを金之助はまだ知らなかった。

二人はそそくさと舟月に向かう。

江戸は本郷台地が海まで伸びて、江戸前島と呼ばれる砂州《さす》の半島ができ、日比谷入江は江戸城の下まで入っていた。

その入江を埋め立てるため、本郷台地の南端の小高い神田山を崩した。入江が埋め立てられると、半島のあたりは埋め立て地よりほんの少し高く、そこに幕府の金座《きんざ》や銀座《ぎんざ》が置かれる。

この頃、銀座はまだ駿府に置かれていて江戸にはなかった。金座は十年前に家康が京の後藤庄三郎《ごとうしょうざぶろう》に命じて、江戸本石町《ほんこく》に役宅を置いて、小判師《こばんし》という職人が小判の鋳造《ちゅうぞう》を始めていた。

金座は京や甲府にもあった。

江戸城下が日に日に大きくなると、その城下は金貨、銀貨、銭貨を湯水のごとく飲み込んだ。江戸の人たちのために貨幣作りが忙しい。

その貨幣に使う金銀は、老中で勘定奉行の大久保石見守長安が、全国の金銀山から掘り出してくる。

それは莫大《ばくだい》な量で貨幣にもたっぷり金銀が使われ、貨幣の質が高く黄金に輝く小判は、怪しげな光で人の心を狂わせるのだ。

金之助とお文は八丁堀の役宅に泊まり、朝早く舟月に来て朝餉を取り、奉行所に送り出すというおかしな生活が始まった。

お文は幾つになっても父親に甘やかされていた。

秋になって、駿府城まで戻って来ていた将軍家康が、三万人ほどの徳川軍を率いて江戸に入ってきた。

道々で鷹狩りをしながらの、堂々たる征夷《せいい》大将軍の凱旋《がいせん》入府である。

右大将秀忠を始め幕府のすべての役人が、六郷橋まで迎えに出た。勘兵衛はすべての与力、同心、捕り方を動員して、品川宿から江戸城までの沿道の整理と警備に人を立たせて当たった。

将軍、源氏の長者である家康は、少し太った体を馬上において、いつでも戦闘状態に入れる布陣で凱旋の行軍だ。

家康が江戸城に入るとビリビリと江戸全体が緊張する。

数日後、勘兵衛は家康に呼ばれて登城した。

「勘兵衛、余の陣笠はどうであった？」

「はッ、誠に美々《びび》しいご帰還にて、鷹狩りの途次《とじ》かと拝見いたしましてございまする」

「うむ、この時期は鶴《つる》など獲物が多いぞ。江戸は無事か？」

「はッ、江戸城下は将軍さまの御威光にて平穏にございまする！」

「そうか、これからも油断するな」

「はいッ！」

家康は相変わらずの仏頂面《ぶっちょうづら》だ。大きな目でにらまれると誰でも震え上がる。

この年の暮れ、十二月十六日に不思議なことが起きた。

地震を感じなかったが房総沖《ぼうそうおき》から九州までの広範囲に、大津波が襲来して一万人を超える人々が亡くなるという事件が起きた。

被害甚大《じんだい》だ。

揺れもないのに津波が押し寄せてくる津波地震といわれた。遠い海からの地震だったのかもしれない。

暮れになって二度目の与力と同心の増員が行われた。

第十三章　黄牛《あめうし》の登兵衛《とうべえ》

慶長十年（一六〇五）正月、北町奉行米津勘兵衛は正月の挨拶《あいさつ》のため登城した。

家康は年が明けるとすぐ京に向かって出立、右大将以下江戸城では総出で家康を見送った。

暮れから江戸城はざわざわと落ち着かない。

それは江戸城だけでなく、江戸城に伺候《しこう》する大名たちにも感じられた。その理由を勘兵衛は知っていた。

家康がいなくなってもざわついている。

勘兵衛と南町奉行土屋権右衛門が、揃《そろ》って右大将秀忠との正月の面会が許された。

「両奉行、大儀！」

「余は来月上洛《じようらく》する。しばらく江戸を留守にするが、両奉行に城下のことを任せる！」

「ははッ！」

「はッ！」

「故障のないようにいたせッ！」

「畏《かしこ》まってございますッ！」

二人は正月の盃《さかずき》を右大将から賜《たまわ》って下城した。

ざわつきの正体はこの右大将の上洛だった。その上洛の供揃えが十六万人という途方もない大軍だったからだ。

その大軍が上方に押し寄せて大阪城を踏み潰すかもしれない。

衣装を整えたり、武具を修理したり、城下がざわざわしている。旗本八万騎に徳川家の親藩《しんぱん》、譜代《ふだい》が揃っての出陣だ。

徳川軍がこんなに多く集結するのは初めてだった。

家康の後継者を天下にお披露目する上洛である。

摂津の大阪城には、家康の意のままにならない唯一の豊臣秀頼と茶々《ちやちや》がいる。

その秀頼に見せつける大軍でもあった。

天下はもうあきらめろということだ。

右大将の大軍を、勘兵衛は幕府の要人たちや南の奉行土屋権右衛門と、江戸城の大手門《おおてもん》で見送った。

この、天下は徳川家のものだと知らしめる行列は延々と続いた。

そんな江戸が空《から》になる隙《すき》を狙われた。

右大将の大軍が江戸を出たその夜、日本橋の両替商が押し込みにあい皆殺しにされた。

翌早朝、同心の朝比奈市兵衛が奉行所に飛び込んできた。

「長野さまッ、日本橋の両替商がやられたッ！」

「何ッ、三河屋かッ？」

「いいえ、三河屋の筋向かいの上州屋《じょうしゅうや》です。一人だけ生き残って他は皆殺しですッ！」

「小さいほうの店か、何人殺された？」

「六人です！」

「くそッ、左京之助ッ、久左衛門ッ、聞き込みだ！」

「承知ッ！」

　柘植久左衛門は、時蔵に斬られた傷が治って暮れから復帰していた。同心の森源左衛門、佐々木勘之助《ささきかんのすけ》、黒井新左衛門《くろいしんざえもん》、大場雪之丞らを連れて奉行所を飛び出した。

「手掛かりは？」

「あッ、あります！」

　思い出したように懐に手を突っ込んで紙片を取り出した。長さ五寸（約一五センチ）ほど幅一寸五分（約四・五センチ）ほどの紙片に、版木刷《はんぎず》りの黄牛登兵衛《あめうしとうべえ》という威張った文字だ。

　江戸中期に大流行《はや》する千社札《せんじゃふだ》とか一丁札《いっちょうふだ》という紙片で、連札《れんふだ》とか隠し貼りなど洒落《しゃれ》たのが流行ることになる。

「黄牛？」

「はい、おかしな名前で……」

「黄牛の登兵衛とは聞かないな。一緒に来い……」

　半左衛門が一丁札を持つと、奥の勘兵衛の部屋に市兵衛と向かった。近頃、南蛮《なんばん》渡来の煙草《たばこ》というものが大流行で、勘兵衛も老中に勧《すす》められて贅沢《ぜいたく》を覚えた。ゲホゲホ言いながら煙を吸う傍《そば》で「煙い、煙い……」と喜与が大弱りだ。プカーッと美味《うま》そうに煙草を吸えるようになるにはまだまだのようだ。

「お奉行……」

「おう、入れ！」

勘兵衛とお喜与、宇三郎のいる部屋に半左衛門と市兵衛が入ってきた。

「お奉行、これを！」

半左衛門が宇三郎に一丁札を渡した。それが勘兵衛の手に渡る。

「これはあめうしとうべえと読むのかな？」

「はい、そうだと思います。昨夜、日本橋上州屋に入った盗賊が残した札にございます」

「上州屋？」

「一人を残して、六人、皆殺しにございます」

「六人も……」

「左京之助と久左衛門を走らせました」

「生き残ったのは？」

勘兵衛が半左衛門と市兵衛をにらんだ。

「上州屋の息子で、たまたま厠《かわや》にいたそうです」

市兵衛が答える。

「幾つになる？」

「十四歳だということです」

「盗《と》られた額はわかっているか？」

「まだでございますが、帳簿を調べればすぐわかると思います」

「手遅れかもしれないが街道を押さえろ！」

「承知いたしました！」

半左衛門と市兵衛が部屋を出た。与力たちが馬を飛ばして品川宿や新宿に向かう。その後を同心が走って行った。

「宇三郎、黄牛とは飴色《あめいろ》の牛と聞いているが？」

「はい、この国にはいない牛と聞いております」

「喜与は知っているか？」

「はい、唐《から》、天竺《てんじく》の牛で肩に大きな瘤《こぶ》がある上等な牛だそうにございます」

「ほう、そなた物知りだな？」

「はい……」

喜与がニッと微笑《ほほえ》んで胸を張った。喜与はよく書籍を読むのでその牛の絵を見たことがあった。

「黄牛か……」

その黄牛の一味は日本橋上州屋に押し入り、店の者を皆殺しにして入間川の一部、大川に逃げて舟で遡《さかのぼ》り、千住に近い鐘《かね》ケ淵《ふち》に逃げた。

後にうぐいすの里といわれ、江戸の旦那衆が別邸や隠居所《いんきょじょ》、妾宅《しょうたく》などを建てることになる江戸の郊外だ。

千住が近く街道に出るのも便利だ。

その鐘ケ淵の百姓家に黄牛の一味は巣を作っていた。鐘ケ淵は、川が大工の使う指矩《さしがね》のように直角に曲がるので、かねが淵と呼ばれた。

後に鐘が沈んだ淵などといわれ、鐘ケ淵といわれるようになる。

この川は江戸には大切な川で、下流が大川、中流が隅田川、上流が荒川、そこから川越城《かわごえじょう》につながる新河岸川《しんがしがわ》が開かれ入間川に至る。

川も街道も使えるのが鐘ケ淵だ。

黄牛の登兵衛、貉《むじな》の弥平《やへい》、権左《ごんざ》、元次《もとつぐ》、お豊《とよ》、源助《げんすけ》、木鼠《きねずみ》の六助《ろくすけ》という凶悪な七人組だった。押し込んで皆殺しという荒い仕事ぶりだ。

「小判が八百両と銀の五百包み三つか、悪くない仕事だな」

「銀は棚にあったので懐に入れてきやした」

「木鼠と権左に源助が一つずつか？」

「へい、結構重いものですな」

「一人二十五両と銀、残りは床下に埋《う》めるが、ここから立ち退《の》く者には別に七十五両渡すことにしよう」

「お頭と姐《あね》さんがここで暮らすなら、あっしらは立ち退きますよ」

「二人の傍にはいられねえよ。熱すぎるからな」

「馬鹿だね源助は……」

お豊がニッと色っぽく笑う。

「わかった。次の仕事は来年だ。たっぷり遊んでからここに集まってくれ。足跡《あしあと》を残すんじゃねえぞ」

「承知しやした」

「お頭はずっとここで？」

「お豊と草津《くさつ》の温泉にでも行くつもりだ。お前たちもおとなしくしていろよ」

「へい、足がつかないようにしやす」

「渡すぞ」

登兵衛が一人百両を渡した。登兵衛とお豊の取り分は三百両だ。

その頃、千住宿には与力の石田彦兵衛、斎藤一之進と同心の池田三郎太、林倉之助の四人が入っていた。

そこに上州屋の生き残り梅太郎《うめたろう》が、右目の傍に親指の爪ほどの大きな黒子《ほくろ》のある男がいたと証言したので、与力の中野新之助が馬を飛ばして知らせるとそのまま見張りに着いたのだ。

得難い有力な証言で、他の各宿にも人が出て見逃すまいと緊張していた。みな殺しの凶悪犯を逃がしては目も当てられない。

その黒子の男というのは貉の弥平だった。

翌朝、夜が明けたばかりの千住宿に、弥平、元次、源助の三人が旅支度で現れた。手が回っているとは思っていない。

「そこの笠《かさ》をかぶった男！」

与力の石田彦兵衛が貉の弥平を呼び止めた。

「何《な》んだ、おれか？　ここはもう江戸じゃねえ……」

「そうだ。笠に用はないが、その大きな黒子に用がある！」

「逃げろッ！」

三人が三方向へ一斉に走って逃げた。

「逃がすな。そいつらを追えッ！」

彦兵衛が弥平を追い、斎藤一之進と池田三郎太が源助を追い、中野新之助と林倉之助が元次を追いかけた。

弥平は川に追いつめられ匕首《あいくち》を抜いた。

「それで何人殺しやがった。もう逃げられないぞ！」

「うるせえ！」

「斬られると痛いからな！」

彦兵衛がゆっくり太刀を抜いた。

「死にたいか、その顔はまだ死にたくないようだな？」

彦兵衛が刀を峰《みね》にした瞬間、匕首を突き出して弥平が突っ込んできた。その切っ先をシャリッと右に流して刀の峰が弥平の胴に入った。

「ゲホッ！」

弥平が頭から河原の藪《やぶ》に突っ込んだ。彦兵衛は素早く紐《ひも》を出すと、手際よく後ろ手に縛り上げた。

源助は田んぼに追いつめられ、泥だらけになって匕首を振り回している。斎藤一之進と池田三郎太は、捕まえるのに手古摺《てこず》っていた。

元次は小野派一刀流の林倉之助に追いつめられた。

「寄るな、寄るなッ！」

大声で叫びながら匕首を震える手で突き出している。

「中野さま、それがしが捕まえます」

「よし！」

中野新之助が元次の後ろに回った。太刀は抜いているが斬る気はない。倉之助がヅカヅカと元次に近づくと、いきなり刀を抜いて匕首を跳ね飛ばした。

「神妙にしろいッ！」

「へいッ……」

「逃げると叩《たた》き斬る！」

「へい……」

倉之助の迫力に元次がその場にひざまずいた。

悪党でも斬られたくない。新之助が後ろ手に縛り上げた。源助は抵抗した分だけ一之進に腕を斬られ、三郎太に膝を斬られ、三日後に牢《ろう》内で高熱を出して死ぬ。

三人が捕縛されたことを登兵衛や六助と権左は知らない。

元次がすぐ駿河問状にかけられて、あっさり鐘ケ淵の隠れ家を白状する。

すぐ、半左衛門と青田孫四郎、左京之助と同心の市兵衛と黒川六之助が同行。

「ご免よッ！」

登兵衛の隠れ家を包囲すると長野半左衛門が無造作に戸を蹴破った。

「何んだてめえッ！」

「黄牛ッ、神妙にしろいッ！」

「木っ端役人がッ！」

登兵衛が脇差を握って炉端に立ち上がった。この時、隠れ家には登兵衛とお豊しかいなかった。二人は草津温泉に行こうと支度をしていた。

この頃は脇差のような一尺八寸（約五四センチ）ほどの、刃物を持つことは武士以外にも許されていた。

その脇差を登兵衛が抜いた。

鞘《さや》を後ろに投げると「突き殺してやるッ！」と半左衛門に凄《すご》んだ。その半左衛門の後ろに青田孫四郎と赤松左京之助が入って来た。

「登兵衛、神妙にした方がいいぜ！」

「うるせいッ！」

　いきなり半左衛門に斬りつけて来た。孫四郎が素早く刀を抜くと半左衛門の前に出た。

　キーンッ！

　登兵衛の脇差を弾《はじ》いた。サッと半左衛門と左京之助が外に出た。斬り合いをするには家の中は狭い。

「表に出ろッ！」

　孫四郎が登兵衛を外に誘った。腕に自信のある登兵衛がお豊の肩を抱いて、裸足《はだし》のまま庭に出て来た。そこには半左衛門と左京之助、市兵衛と六之助が待ち構えている。

　五対一の戦いでは登兵衛に勝ち目はない。

　五人は刀を抜いて登兵衛を取り囲んだ。

　登兵衛はいきなりお豊を突き飛ばすと、脇差を振り上げて青田孫四郎に襲い掛かった。だが、孫四郎は小野派一刀流の遣い手だ。腕に自信のある盗賊の頭とはいえ孫四郎を斬ることは難しい。

　突き飛ばされて転んだお豊の前に小野派一刀流の市兵衛が立ち塞がった。

そのお豊を六之助が素早く縛り上げる。

五人は登兵衛を殺さずに捕縛したい。

徳川軍の足軽大将だった長野半左衛門は、どちらかと言うと刀よりは槍《やり》の方が得意なのだ。戦場に出たことのある武士はほとんど槍を使う。

「カーッ！」

お豊を生け捕られ怒った登兵衛がその半左衛門に襲い掛かって来た。後ろに下がりながら半左衛門がその脇差を弾いた。そこに中段に構えた市兵衛が邪魔するように入って来た。

「どけッ！」

「わしが相手だッ、来いッ！」

「どきやがれッ！」

お豊を取り戻そうと市兵衛に襲い掛かる。なかなか勢いのある剣だが所詮盗賊の乱暴な太刀筋でしかない。

登兵衛は五人に囲まれ市兵衛に襲い掛かり、孫四郎や左京之助に次々と襲いかかって暴れたが疲れが見えてきた。

「市兵衛、斬るなッ、生け捕りにしろッ！」

半左衛門が叫んだ時、朝比奈市兵衛の刀が登兵衛の胸を薄く斬った。

「野郎ッ！」

登兵衛が脇差を振り上げると同時に、峰に返した孫四郎の刀が登兵衛の胴に入った。

「ンゲッ！」

強烈に胴を貫かれてさすがの登兵衛も庭の土に頭から突っ込んだ。左京之助がその黄牛の登兵衛に馬乗りになって押さえつけ、半左衛門が登兵衛の腕を踏んづけて脇差を取り上げた。

黄牛の登兵衛は大暴れしたが北町奉行所の精鋭《せいえい》に捕縛された。

お豊も捕まった。

木鼠の六助と権左は何も知らずに、翌年、鐘ケ淵に現れたところを捕縛される。

「梅太郎はどうなった？」

例の慣れない煙草でゲホゲホやりながら勘兵衛が宇三郎に聞いた。

「上州屋は梅太郎が成人するまで親戚で預かり、両替の修業をさせてから主人にするとのことでした」

「ほう、それはいい話だな」

「はい、その親戚というのは、宇都宮《うつのみや》の方で似たような仕事をしていると聞きました」

「なるほど、それはよかったな」

「本人もその気になっているようです」

「結構なことだ」

生き残りが幸せになればせめてもの供養になる。

「ところで日本橋の三河屋は大丈夫か、将軍さまのお声がかりの両替商だからな？」

「はい、七兵衛殿は用心棒に剣客を置いておられます」

「剣客？」

「はい、藤九郎の剣の師だと聞きました」

「神夢想流の？」

「そうです。神の剣士と言われているお方だそうです」

さらっという宇三郎を勘兵衛がにらんだ。藤九郎も何も言わない。

その剣客の噂《うわさ》を勘兵衛も聞いている。

近頃、武家の間で話題になっている居合を創始したという剣客だ。

そんな剣客と三河屋七兵衛がどんな関係なのだと思う。ましてやそんな剣客が用心棒のようなことをしているとは信じられない。

そんな話をしているところに、鬼屋長五郎と例の女鳶《とび》お滝が現れた。

「お奉行さま、この度は上州屋さまが……」

「うむ、ひどい盗賊だった」

「黄牛と名乗っていたとか？」

「黄牛の登兵衛だな。右大将さまがお留守なので処刑が伸びている。例の話か？」

「はい、駿府の娼家《しょうか》、西田屋《にしだや》が江戸に出てくるそうです。日本橋に土地を購入したそうで、建物の注文が駿府の鬼屋に入りましてございます」

「そうか、いよいよ江戸に出てくるか？」

「これからの手配ですから、店を開くには一年ほどはかかりましょう」

勘兵衛は、そのうち庄司甚右衛門が奉行所に現れるだろうと思う。幕府は娼家については黙認している状況なのだ。

何んと言っても江戸は女不足なのだから、娼家でも厳しくして江戸から追い払うことはないということだ。だが、それを取り締まる奉行所は無視することはできない。

乱れがちな周辺の風紀を守るのは奉行所の仕事だからだ。

娼家ができるとそこには人が集まり、たちまち盛り場ができる。そこにまた娼家ができるという風にして町が大きくなる。

「ところで長五郎、この屋敷の裏庭に宇三郎の屋敷を立ててくれるか？」

「殿、それは長屋にしていただいて、藤九郎と文左衛門と一緒にお願いいたします」

宇三郎がそう願った。

「そうか、藤九郎の嫁も呼ぶか、文左衛門だけが一人者だな」

急にお滝がうな垂れてしまった。お滝は文左衛門の嫁になることを生意気にも拒否したのだ。

「ならば長五郎、三人の長屋でいい、少し大きめにな」

「承知いたしました」

間が悪いのか、そこに彦野文左衛門が入ってきた。急にお滝の居場所がなくなった。

「お奉行、行ってまいりました」

　使いで溜池の屋敷まで行ってきたのだ。

「ご苦労、文左衛門、裏庭に宇三郎と藤九郎と一緒の長屋を建てるぞ。いいか？」

「はい、結構です」

「そなた、嫁はどうするつもりだ？」

　勘兵衛がお滝の前でわざと露骨《ろこつ》に聞いた。

「はい、そろそろかと考えております」

「許嫁《いいなずけ》はいないのか？」

「残念ながら、おりません」

「そうか、どんな女子《おなご》がいいのだ？」

「難しいご下問ですが、お奉行の奥方さまのようにやさしく、お滝殿のように元気のいい女性《にょしょう》がよいと考えております」

　あまりにはっきり言うので部屋が一瞬で凍り付いた。

　喜与だけが能天気にニコニコうれしそうだが、お滝は逆に脳天を棍棒《こんぼう》で殴《なぐ》られたように意識がなくなりそうだ。

勘兵衛と長五郎に散々文左衛門は青瓢箪《あおびょうたん》だとこき下ろしたのだ。人の悪口を言うものではない。天に唾《つば》することになる。

「そうか、相分かった。喜与とお滝だな。わかった」

「御免！」

部屋の空気もわからず、平気な顔で文左衛門が出て行った。

「それでは、長五郎、長屋を頼む。お滝もな？」

「ふん……」

お滝が強気に鼻を振って怒った。腹の中では「文左衛門の馬鹿！」と激怒している。

「長五郎殿、よろしくお願いいたします」

宇三郎が頭を下げた。

「大急ぎでいたします。望月さまの奥方さまはどちらに？」

「印旛沼にございます」

「殿さまのご領地ですか？」

「はい、藤九郎殿も同じです」

「そうですか、それでは早速にいたします」

お喋《しゃべ》りのお滝が一言も喋らず、怒った膨《ふく》れ面《つら》で帰って行った。

「まずかったか、喜与？」

「文左衛門殿にあのようにはっきり言われては、お滝殿がかわいそうに思いました」

「文左衛門があんなふうに言うとは思わなかったな」

勘兵衛も文左衛門の言葉に仰天したのだ。若いものには聞いてみないと、何を考えているかわからないものだ。文左衛門はお滝を好きなのだと思う。

第十四章　二代目将軍

三月二十一日に大軍を率いた右大将秀忠が伏見城に入った。

四月七日に家康が将軍を辞任すると宣言、隠居して大御所《おおごしょ》になることになった。

　将軍の後任には右大将秀忠を推挙した。

　征夷大将軍は徳川家の世襲で、大阪城の豊臣秀頼にはいかないと家康は明確にする。そこで家康は奇策を使った。

四月十三日に豊臣秀頼を右大臣《うだいじん》に昇進させた。

四月十六日に家康が将軍を辞任して大御所となり、秀忠が右近衛大将のまま正《しょう》二位《にい》に上階して、秀頼の後任である内大臣《ないだいじん》に昇進する。

秀頼に千姫《せんひめ》が嫁《とつ》いで、秀頼の義父になった秀忠が内大臣で秀頼より官位は下なのだ。

その上で五月一日になって、朝廷は右大将秀忠に征夷大将軍を宣下《せんげ》した。その秀忠の新将軍就任に挨拶するため、大阪城から京まで来るようにと秀頼に要請した。

これには秀頼の母茶々が激怒して拒否する。

徳川家と豊臣家の一触即発の危機に陥《おちい》った。

秀忠は十六万の大軍を連れて大阪城の秀頼を威嚇《いかく》したが、家康は今、豊臣家と戦って勝つ自信がなかった。

秀吉恩顧《おんこ》の大名は西国や九州に追いやったが、秀頼の血筋である肥後熊本《ひごくまもと》の加藤清正や安芸広島《あきひろしま》の福島正則らがまだ健在だった。

関ケ原は石田三成との戦いだったが、秀頼と戦うことになれば話が違う。秀吉の千成瓢箪《せんなりびょうたん》の馬印が出てくれば、秀吉恩顧の大名は秀頼を守ろうとするだろう。それはわかっていることだ。

家康は、戦う時ではないと考え、大阪城に秀忠の弟松平忠輝を使者として派遣し、戦う意思のないことをはっきりさせた。

秀忠が将軍になり、目的は達成されたのだから無理をすることはない。

徳川家が二代目将軍になったことが重要なのだ。実権はもちろん大御所家康が握っている。引き続き家康は伏見城で政治を執《と》った。

江戸の勘兵衛には、老中から右大将が無事に将軍宣下を受けられたと伝わってきた。それが何を意味するか勘兵衛にもわかる。

三代将軍は、昨年の七月に生まれた竹千代君《たけちよぎみ》がなるということだ。江戸は二代目将軍の誕生で喜びに沸《わ》いた。右大将がいつ江戸に帰還されるのかと誰もが待ち遠しい。

将軍が二代目、三代目と継承されれば幕府は安泰《あんたい》になる。

そんな安堵感《あんどかん》が江戸を覆《おお》った。

戦《いくさ》のない時代が来る。

そんな時、隠密《おんみつ》に廻《まわ》る同心の黒川六之助が面白い話を摑《つか》んできた。

「望月さま、おかしな話なんですが、例の不忍の商人宿《あきんどやど》武蔵屋に久しぶりに立ち寄りました。すると親父《おやじ》がおかしな盗賊がいるというのです」

「ほう、あの親父がまた口を開いたか、お奉行にもお聞かせしたい。一緒に来い！」

宇三郎は、あの商人宿の親父の話ならおもしろいはずだと思う。

「それで、親父はどんな話を聞かせた？」

勘兵衛が興味を持った。

「はい、猫目《ねこめ》の半蔵《はんぞう》という平気で人殺しをする凶悪な盗賊が中山道筋にいるが、同じ中山道筋に霞《かすみ》の七郎《しちろう》という盗賊がいるそうで、その七郎の方は凶悪なことは一切しないということです」

「なるほど……」

「親父が言うに半蔵と七郎は同じ人間で一人だというのです」

「そんなことがありましょうか、盗賊は手口が一つだと聞いております」

「ほう、奇妙だな」

「うむ、宇三郎、どう思う？」

「はい、おかしな話です。一人の盗賊が二つの手口を使い分けるとは、考えにくいかと思います」

「だが、商人宿の親父が一人だというのだろう？」

「あの親父が嘘《うそ》を言っているとは思えません。どういうことなのか？」

六之助は見廻りで色々な話を聞くが、こんな奇妙な話は初めてだった。

「その猫目と霞が江戸に現れると言っていなかったか？」

「はい、そこまではまだ……」

「おそらく親父はその盗賊が江戸に現れると言いたいのだろう」

「そうでしょうか？」

「聞いてみろ、あの親父はその筋のことは相当なことを知っているはずだ」

「話すでしょうか？」

「難しいが聞きようだな」

勘兵衛は半蔵と七郎という盗賊に興味を持った。その時ふっと、半蔵と七郎は兄弟ではないかと感じた。

直助はそれを言いたいのではないかと思う。

「六之助、あの親父に半蔵と七郎は兄弟だろうと謎を掛けてみろ、どんな顔をするかよく見てこい」

「はい！」

それが勘兵衛の商人宿の直助に対する答えだった。黒川六之助がすっきりした顔で部屋を出て行った。

「宇三郎、半蔵と七郎は厄介な盗賊かもしれないぞ」

「はい、二人が江戸に入ってくるとすれば中山道の板橋宿か、下諏訪《しもすわ》から甲斐に出て甲州街道のいずれか、長野殿と相談して手配をしておきます」

「うむ、そうしてくれ、おそらく長引くことになるだろう」

勘兵衛はいつ現れるかわからない盗賊に手を打つことになった。

翌早朝、不忍の商人宿から客が出払うのを見計らって、六之助が親父の直助に会いに行った。

「みんな早い出立だね」

「ああ、貧乏暇なしだよ」

「うん……」

「まずは、入れや……」

珍《めずら》しく親父が六之助を誘って宿に入れた。

「白湯《さゆ》しかねえぞ」

「かたじけない」

「ここじゃなんだ、上がれや……」

親父は六之助を気に入っているのか、他人を入れたことのない自分の部屋に連れて行った。

「白湯だ」

「うん、半蔵と七郎の話だけど、奉行所に戻ってお奉行に話してみた」

「ほう、それでお奉行さまが何か？」

「二人が江戸に出てくると、そうなのか親父?」

「ふん、それだけか?」

「親父は只者《ただもの》じゃない、その筋のことは何んでも知っている。半蔵と七郎は兄弟だろうから親父に聞いてみろというのだよ」

六之助が正直に話した。それを聞いて直助が小さくうなずいた。

「お奉行さまはいい勘をしているな」

それだけ言って直助が沈黙した。六之助も言葉の多いほうではない。白湯の茶《ちゃ》碗《わん》を持ってグッと飲み干す。

「馳走《ちそう》になった」

「帰るのか?」

「うむ、見廻りがあるので、ゆっくりしていられない」

「そうか、半蔵と七郎は双子だ」

「ん?」

太刀を握って立ちかけた六之助が直助を見た。

この頃、男女の双子は前世で情死した生まれ変わり、双子や三つ子は犬猫の眷《けん》属《ぞく》だなどと信じられていた。

「二人は瓜《うり》二つだ」

　ぼそっという直助が小さくうなずいた。

「これ以上言うとおれの命がねえ……」

「そうなのか、気が向いたらまた何か聞かせてくれ」

「行くのか？」

「今日は浅草を見廻ることになっている」

「そうか、ご用か、気をつけてな。今の江戸には色々な人間が入ってきているからな」

「うん、ありがとうよ。お奉行に話してみる」

　六之助が直助に礼を言って商人宿を出た。

　親父のためにあまり頻繁《ひんぱん》に立ち寄ってはならないと思う。こういう宿には、どんな曰《いわ》くつきの客が逗留《とうりゅう》しているかわからない。

　そこに役人が出入りしては迷惑だろう。

　開幕したばかりの江戸では、城下に集まってくる者の中に怪しげな男が多く含まれている。

　江戸は、家康が将軍になった二年前の慶長八年（一六〇三）三月に日本橋を架けたことで、その周辺から急に発展していた。橋というのは人を集める大きな力を持っている。

翌年にはその日本橋が五街道《ごかいどう》の起点となる。

この街道の整備をしたのが、天下の総代官大久保石見守長安だった。

それは、武田信玄が戦いのために道を整え、大切にしていたからだ。国の発展は道だと長安は知っていた。

いち早く、街道に一里塚《いちりづか》を設置した。

橋は火事の時などは逃げ道にもなり、江戸は川と橋で発展したともいえる。

五十年後に、武蔵と下総の国境に両国橋《りょうごくばし》が架けられると、江戸は東の深川村《ふかがわむら》に向かって猛烈な勢いで発展していくことになる。

家康が関東に入府して、最初に大きな橋を架けたのは、江戸の北の千住大橋《せんじゅおおはし》で、文禄《ぶんろく》三年（一五九四）十一月に完成した。単に大橋と呼ばれた。

それまでの橋場《はしば》の渡しは大橋によって使われなくなった。

いち早く大橋を架け、北の会津《あいづ》上杉征伐を考えていたとすれば、関ケ原の戦いはその六年前から家康の頭にあったことになる。

千住の次に家康は、慶長五年（一六〇〇）関ケ原の戦いの年に六郷の大橋を架ける。だが、この大橋は何度か修理、架けなおしが行われたが、八十八年後の貞《じょう》享《きょう》五年（一六八八）に洪水で流されると、幕府は橋を架けなおさなかった。

六郷の渡しが復活する。

千住、六郷、両国の橋が江戸三大橋という。

結局、幕府は大阪城のある西には全く橋を架ける気がなくなる。

大井川などは橋を架けずに、江戸城の大外の堀と考え、江戸の守りに使う。六郷の多摩川《たまがわ》も同じ考えだった。凄《すさ》まじい念の入れようだ。

家康の時代から江戸幕府の警戒は絶えず西にあった。

その通り幕末に現れた幕府の敵は、最も西の薩摩《さつま》と長州《ちょうしゅう》だから、家康はそれさえも予感していたのかもしれない。

黒川六之助は浅草周辺を見廻って奉行所に戻った。

「六之助、話を聞いたぞ」

長野半左衛門が六之助に声をかけた。

「長野さま、その半蔵と七郎は瓜二つの双子だそうです」

「何んだと、双子だというのか？」

「はい、直助がそのように……」

「ちょっと来い！」

半左衛門が六之助を勘兵衛の部屋に連れて行った。例の煙草をゲホゲホとやり、勘兵衛は喜与と話をしている。

「お止《や》めになられたらいかがですか、そんなに苦しそうなのですから、お体に合わないのでございますよ」

「そうか、体に合わないか？」

「そんな煙がおいしいのですか？」

「やってみるか？」

「結構でございます。喜与はその匂《にお》いが好きではございません」

「そうなのか、折角《せっかく》手に入れたのだがな」

喜与とお幸は困った顔なのだ。この煙が薬だなどという老中もいるらしいのだから困る。喜与は本当だろうかと思う。

「お奉行、六之助です」

「おう、入れ！」

部屋には煙草の煙が浮かんでいる。

「戻ってまいりました」

「うむ、六之助、親父と会ってきたか？」

「はい、半蔵と七郎は瓜二つの双子だということでした」

「やはりそうか、他には？」

「これ以上話すと殺されると言いまして口をつぐみました」

「親父も危ない橋を渡っているということだな。いいだろう。そこまでわかれば打つ手もあろうよ」

勘兵衛は、直助がまだ何かを知っていると思うが、奉行所の同心が張り付いていては危険だと思う。直助が殺されては元も子もなくなる。

自分から喋りたくならなければ、直助のような老人は扱うのが厄介だ。

「六之助、あの親父に気に入られているようだな、月に一、二度、顔を出してやれ。老人という者は寂しいものだからな」

「はい、そういたします」

「無理に聞くことはないぞ。親父が喋りたくなるのを待て……」

「畏まりました」

勘兵衛の命令で、不忍の商人宿には六之助以外誰も近寄らなくなった。

「半左衛門、双子を探すのは難しいか？」

「はい、何か特徴があれば探しやすいのですが、双子というだけではなかなか難しいかと思われます」

「そうか、難しいか？」

「二人とも捕らえたいが、凶悪だという半蔵だけでも捕らえたいものだ」

「はい、江戸に来れば何んとか板橋宿、内藤新宿あたりで捕らえるよう、見張りを厳重にいたしますが？」

「うむ、孫四郎と左京之助に中山道の噂を拾わせるか？」

「中山道は木曽路《きそじ》の方も？」

「そうだな。半蔵の凶悪な犯行の跡を調べさせればいいだろう」

「七郎の方はいかがいたしましょう？」

「そこまで追うこともなかろう。江戸に現れるとすれば半蔵ではないかと思う」

「承知いたしました。今朝から板橋宿に同心を派遣しました。二日で交代させるつもりです」

「うむ、見張所を作れるな？」

「はい、長期戦を考えます」

「よし、瓜二つの双子だと伝えておけ、二人一緒には入ってこないから、挙動不審な者をよく見張れといえ！」

雲をつかむような話だ。

勘兵衛の勘ではどちらかが、どちらかを追って江戸に入ってくるように思う。仲のいい兄弟なのか、犬猿の仲の兄弟なのかわからないが、手口の違いから仲のいい兄弟とはとても思えない。

おそらく一緒に仕事をしたことがないのだろう。

どんな盗賊なのかもわからない。その手掛かりは、直助の瓜二つの双子という知らせだけだ。半蔵と七郎を捕らえるのは無理でも、その子分の一人でも捕まえれば、そこから一味の手掛かりをつかむことができる。

「中山道に行かせる孫四郎と左京之助は早いほうがいいぞ」

「畏まりました。明朝には出立させます」

早いとこ何か一つでも盗賊の尻尾をつかみたい。上州屋のようなことだけは防ぎたい。

凶悪犯を一網打尽にすれば、江戸の北町には鬼がいるぞと盗賊たちに知れ渡り、江戸に入ってくる悪党が減るかもしれない。

幕府には大目付も目付も、火付《ひつけ》改《あらため》も盗賊改《とうぞくあらため》もないため、それらの任務を米津勘兵衛が一人で担っているのだ。

盗賊改は六十年後、火付改は八十年後に設置される。

この時、町奉行は文官《ぶんかん》と武官《ぶかん》を兼ねていた。

やがて町奉行は文官で、火付や盗賊や賭博《とばく》を取り締まるお先手組《さきてぐみ》の加役《かやく》として、火付盗賊改方が誕生する。武官である。

先手組とは、徳川軍の戦いの時の先鋒《せんぽう》足軽隊である。

平時では江戸城の各門の警備を担当、将軍が城を出る時の警護を担った。弓組が十組、鉄砲組が二十組で、一組に三十人から五十人の同心が置かれた。

そこから加役として、千五百石六十人扶持で火付盗賊改方ができる。まだずいぶん先の話だった。

第十五章　お家のため

与力の青田孫四郎と赤松左京之助の二騎が、まだ暗いうちに宇三郎に見送られて奉行所を出た。神田から本郷台に上ると板橋宿に向かった。

板橋宿の見張所には、朝比奈市兵衛と大場雪之丞が眠そうな顔でいた。

「半蔵と七郎は瓜二つの双子だそうだ」

「双子？」

「目を凝らして見ていないと見誤るぞ。二人一緒には来ないというから、顔を覚えておくことだな」

「それは難しい……」

「確かにそうだ。これから中山道を西に走って、手掛かりを探してくる。待っておれッ！」

「お願いします」

「不審な男は遠慮せず誰何《すいか》しろ、簡単に江戸に入れるな！」

「はいッ！」

二騎は市兵衛と雪之丞に見送られて、志村《しむら》から荒川の戸田《とだ》の渡しに向かった。

二人が目指すのは下諏訪周辺だ。関ケ原の戦いが終わった翌年から、七年をかけて中山道は本格的に整備された。

すると多くの旅人が中山道を使うようになる。

東海道より中山道の方が江戸と京の間は遠いのだが、それでも中山道が多く使われたのには理由がある。

東海道は近いが大きな川が多く、雨が降って川止めにされると何日も旅籠《はたご》から動けなくなり、その旅籠代と日にちが大きな損となった。

一方、中山道は海から遠い山の中で大きな川がない。雨が降っても数刻もすれば雨は流れて行ってしまう。川止めというのがほとんどないに等しかった。

そんなことで旅をするには中山道の方が安上がりで速いのである。

その道を二騎が駆け抜ける。

中山道は信濃下諏訪で甲州街道と分岐、近江草津で東海道と合流、ここまでが日本橋から百三十里（約五二〇キロ）、五里（約二〇キロ）を上れば京三条大《きょうさんじょうおお》橋《はし》に至る。

中山道を駆け抜け、二人は下諏訪に入るとすぐ聞き込みを始めた。

すると凶悪な猫目の半蔵の仕事は次々と出てきた。

仕事が終わった後に、殺した死人の手に、銭貨を鉈《なた》か何かでブツンと切り割った半分を握らせていくのだという。

何んとも残忍な手口だ。

それで、誰いうともなく猫目の半蔵と呼ぶようになったようだ。本当の名は誰にもわからないという。

この頃は、後の五街道を取り締まる道中奉行《どうちゅうぶぎょう》のようなものもない時期だった。その道中奉行が幕府の役職として置かれるのは五十年後である。

誕生したばかりの幕府で、江戸城下に関係があろうがなかろうが、何んでもやらなければならないのが町奉行だ。

まだ、幕府に国を支配する体制ができていないのだ。

大久保長安や米津勘兵衛のような何んでもできる天才に頼るしかない。

猫目の半蔵の手口はひどいもので、貯《たくわ》えのありそうな寺や大百姓、宿場の旅籠《はたご》など手あたり次第だった。狙われたら最後で皆殺しにされる。

「そりゃ、皆殺しですからひどいものですよ。死人が半銭を握っていますから、半蔵の仕業だとわかります」

「この下諏訪でもやられたか？」

「ええ、二回ですな。最初が三年前、二回目が昨年の夏だった」

「この下諏訪からどっちだ。半蔵が仕事をするのは西か東か？」

「それは西ですよ。塩尻《しおじり》、奈良井《ならい》、福島《ふくしま》、上松《あげまつ》、馬籠《まごめ》、東は長久保《ながくぼ》、望月《もちづき》、甲州街道は上《かみ》諏訪だったな」

「甲府の方には行かないのか？」

「そういえば、甲斐での仕事は聞かないですな。中山道筋だけです」

旅籠の主人にそこまで聞いて、二人は木曽路の馬籠まで行ってみようと考えた。

翌日、二人は隣の塩尻から聞き込みをしながら西に向かった。どこでも半蔵に皆殺しにされた家はすべて滅んでいる。

生き残りがいるとは聞こえてこない。

ところが上松まで来て、ようやく手がかりらしいものを掴んだ。

「大きな声では言えないが、半蔵の配下には浪人がいて、顎《あご》に刀傷があると聞いたことがあります。本当か嘘か誰にもわからないのです。確かめることができないから……」

二人が入った旅籠の主人がそっとつぶやいた。

「それはどこから出た話かわかるか？」

「わかりません」

「そうか……」

「近くの木曽川に寝覚《ねざめ》の床《とこ》というのがあるのを、お役人さまは知っておりなさるかのう？」

「その名は聞いたことはある」

「その近くに寺があり、その門前にお栄《えい》という婆《ばあ》さんがいます。そこで聞いてみてくださいやし。ここで聞いたと言ってもらっては困りますよ」

「承知した、お栄だな？」

「はい、気をつけて行ってください」

何んとも怪しげな話だが、折角の手掛かりだから行くことにした。役人に話すからにはそれなりの覚悟がいる話だ。

寺の門前で馬を下りて訪ねると、お栄という婆さんの百姓家はすぐわかった。

「御免！」

孫四郎が問うと「はーい！」と返事はしたが人が現れない。

「御免……」

孫四郎が土間に入り、左京之助が外に立っていた。しばらくして、返事をした老婆が出てきた。その老婆は目が見えないようだった。

「目が不自由のようだな？」

「はい、どちらさまでございましょうか？」

「青田と申す。少々、尋ねたいことがあってまいりました」

「お役人さまで？」

「うむ、お栄か？」

「はい、ご苦労さまでございます。お尋ねのこととは？」

「婆さんは顎に刀傷のある浪人を知っておられるか？」

「顎に刀傷……」

「これは目の不自由なお婆《ばば》に聞くことではなかったか、失礼した」

孫四郎が外に出ると若い男が二人に声をかけてきた。

「どちらさまでしょうか？」

「この家の者か？」

「はい、この家の長助《ちょうすけ》といいますが、お役人さまで？」

「うむ、江戸から来た奉行所の者だ」

「江戸……」

長助は江戸からの役人と聞いてびっくりしている。

「お栄という人が、顎に刀傷の浪人を知っていると聞いて来てみたのだ」

「そのことですか……」

長助という男も知っている話のようだ。

「聞かせてくれるか？」

「はい、婆さんは三年前までは目が見えていました。馬籠の旅籠で働いていましたが、そこに盗賊が押し込んできて皆殺しでです。うちの婆さんも斬られましたが運よく助かりまして、その時に斬った盗賊を見たそうです」

「それが顎の刀傷の浪人なのだな？」

「はい、その刀傷の男を捕らえてください。お願いします」

お栄はその時、両目を斬られたのだ。

「うむ、他に婆さんから何か聞いていないか？」

「家の中で本人から聞いてみてください」

「そうか……」

三人が百姓家に入ると、老婆は同じところにじっと座っていた。外の様子を窺《うかが》っていたのだ。二人は太刀を鞘ごと抜いて傍に立てかけ、上がり框《かまち》に腰を下ろした。

「婆さん、江戸から見えられたお役人さま方だ」

「さっきのお方かい？」

「そうだよ。馬籠のことを聞きたいそうだ。顎の傷の他に気づいたことはなかったかって？」

「ああ、あの泥棒は馬籠の在《ざい》の正造《しょうぞう》の野郎だ」

「その正造というのは双子か？」

孫四郎が聞いた。大きな手掛かりだ。

「うん、弟が七郎だ。親が死んでもう家はない。かわいそうな兄弟でな、七郎はいい子だった。だが、正造の野郎は子どものころから悪党で、この上松の辺りまで聞こえていたものだ」

「その二人は似ているのか？」

「ああ、双子だから似ているな」

「その正造と七郎をどこで見分けるのだ？」

そこが肝心だと孫四郎が聞いた。

「それはな、小鼻に小さな黒子のある方が兄の正造、ない方が七郎だ」

「小鼻の黒子か、右か左か思い出せるか？」

「こっちだから右だ」

老婆が自分の右の小鼻をおさえた。

「他に気づいたことは何かあるか？」

「お役人さま、この年でだいぶ忘れてしまったからな。あんな悪党になるとは思わなかった。五人も斬り殺したんだ」

「正造は婆さんを斬ったと気づいていないのか？」

「ええ、正造の野郎はこんな婆さんのことは何も知るまいよ」

遂《つい》に二人の与力は、中山道の上松まで来て大きな手掛かりをつかんだ。一日も早く江戸に戻らなければならない。

「婆さん、達者で暮らせ、長助もな」

「必ず捕まえてくだせい」

長助が外まで出てきて見送る。孫四郎と左京之助が騎乗すると、長助に小さくうなずき「ありがとう！」と言って馬首を返し江戸に向かった。

顎に刀傷のある浪人と、小鼻に小さな黒子のある猫目の半蔵こと、正造の手掛かりはあったが、弟の七郎の手掛かりがなかった。この手がかりで凶悪犯をどこまで追い詰められるか、江戸での仕事を何んとしても止めなければならない。

この頃、二代将軍に就任した右大将秀忠は、京でのすべての行事を終えて、江戸に戻る支度をしていた。

徳川家は一歩一歩確実に絶頂期へ昇ろうとしている。

一方、豊臣家は大阪城に追いつめられ、領地も秀吉の二百二十万石が六十五万石に小さくなっていた。

織田家はもっと悲惨だった。既に、風前の灯火《ともしび》になっている。

信長の孫、三法師《さんぼうし》こと織田秀信《ひでのぶ》は岐阜城《ぎふじょう》の戦いで敗れ、家康に切腹を命令されたが、福島正則の助命嘆願で死を免れて高野山に流罪になった。

ところが、信長と高野山の衝突で多くの高野聖《こうやひじり》を殺され、その恨みは深く、高野山に流された三法師秀信に対する嫌がらせがひどかった。

その三法師秀信が、遂に高野山から追放され、この五月八日に二十六歳の若さで死去する。ここに信長の織田宗家は滅亡した。

秀信には流罪先で生まれた男子がいるとの噂もあったが、家康は織田宗家の存続を許さなかった。

青田孫四郎と赤松左京之助が、猫目の半蔵の手掛かりをつかんで江戸に戻ってきた。

北町奉行所は相変わらず忙しい。

勘兵衛は二人がつかんできた手掛かりを、内藤新宿と板橋宿の見張りをはじめすべての同心に告げて、より厳重に見張るよう命じた。

その数日後には奉行所の裏庭に長屋が完成して、宇三郎の妻お志乃《しの》と、藤九郎の妻お登勢《とせ》が、印旛沼に近い酒々井《しすい》から引っ越してきた。

奉行所の奥がずいぶん賑《にぎ》やかになった。

そんな時、将軍に就任した秀忠が帰還して旗本八万騎が戻り、江戸城下の興奮は最高潮に達した。

将軍が伏見城にいるのと江戸城にいるのでは喜びがまるで違う。江戸中の人々が総出で二代目将軍を江戸城に迎えた。

日比谷入江の埋め立ても終わり、いよいよ本格的な江戸城の天下普請が始まる。その準備に入ることになった。

盛大な将軍就任の祝いが行われ、その席に北町奉行米津勘兵衛も招かれた。江戸幕府そのものがようやく始まるということだ。

そんな浮かれた中でも町奉行所は忙しく動いている。

将軍の帰還と同時に、例の袈裟《けさ》斬《ぎ》りの得意な辻斬《つじぎ》りが戻ってきた。

牛込《うしごめ》で商家の主人が囲碁《いご》の帰りに斬られた。同心の木村惣兵衛が奉行所に戻ってきて、長野半左衛門に袈裟斬りの詳細を報告する。

再び現れたことで辻斬りは上方に行った旗本かその家臣だとわかった。

「また出たか？」

「例の辻斬りに間違いございません」

木戸番屋《きどばんや》も自身番屋《じしんばんや》もまだない頃で、人の行き来はどこも自由だった。それらはすべて町奉行の管轄で絶望的なほど忙しい。

町ごとに木戸番屋ができて、送り拍子木《ひょうしぎ》などが発達するのは五十年後だ。

町ごとに木戸を設けて、夜になるとその木戸を閉め、勝手に出歩けないようにした。それは盗賊や不審者の侵入を防ぐためで、通行人が来るとカチン、カチンと拍子木を打って隣町に人が行くよと伝える。これが送り拍子木である。

次の町が次の町に送り拍子木で知らせる。もし、拍子木が鳴っても人が来ないと不審者侵入として、町内の探索を始めるという自衛の仕組みだった。

医師や産婆《さんば》などは特別に通行自由である。

勘兵衛が町奉行の頃には大小さまざまな事件が多かった。

家康が禁止令を出すほど辻斬りは頻繁に起きたが、袈裟斬りの連続凶悪犯が再び出てきて大騒ぎになった。

「半左衛門、この辻斬りは旗本だな？」

「はい、将軍さまが上洛しておられた時には現れず、ご帰還されてすぐでございますから仰せの通りかと思います」

「昨年のように腕に自信のある与力、同心で始末をつけるしかないか？」

「はッ、早速、そのように手配いたします」

半左衛門は何人も斬られる前に辻斬りを捕まえたい。だが、勘兵衛はそれとは違うことを考えていた。

その半左衛門が部屋から出て行くと、宇三郎と藤九郎、文左衛門の内与力三人を傍に呼んだ。

「宇三郎、辻斬りの件は聞いたか？」

「はい、例の袈裟斬りが出たと聞きました」

「この辻斬りは旗本だ」

「そのように思います」

「治らない病だな？」

「はい……」

宇三郎たち三人は勘兵衛が何を言いたいのか考えた。

「旗本では捕まえると厄介なことになる。お家取り潰しは免れない。斬ってしまえ、闇から闇に葬るしかない」

「お奉行！」

「それでいいのだ。そうしてくれ！」

「承知いたしました」

三人は辻斬りを斬ってしまえというのは、お家取り潰しにならないよう、旗本の誰なのかわからないように、闇に葬ってしまえということだと理解した。

同じ旗本としての奉行の恩情だ。

辻斬りを捕らえても誰も得をしない。旗本でもお家取り潰しになれば家臣の多くが路頭に迷う。

血が騒ぐと辻斬りは人を斬らないではいられない。

そういう男は殺すしかない病なのだ。

辻斬りを斬ってしまえという勘兵衛の考えは、すぐ与力と同心に伝えられた。

宇三郎と藤九郎、文左衛門を含めて、奉行所の剣士たちが一斉に牛込、番町方面に向かった。

二人目の犠牲者は何んとしても阻止《そし》したい。

一年前と同じように、二人一組の見廻り組を六組作った。

交代で牛込、番町を重点的に警戒する。

「油断するな。おそらくこの辻斬りは、血に飢えている狂気の者だ。今夜、決着をつけるぞ！」

小野派一刀流の青田孫四郎が意欲を見せた。

選ばれたのは、腕に自信のある剣士だ。辻斬りの手口と剣筋はわかっている。

暗闇に潜《ひそ》んでいていきなり飛び出して抜刀する。

宇三郎と朝比奈市兵衛の組、藤九郎と槍の佐久間八右衛門の組、本宮長兵衛と林倉之助の組が牛込に向かい、青田孫四郎と槍の島田右衛門の組、倉田甚四郎と松野喜平次の組、彦野文左衛門と木村惣兵衛の組が番町に向かった。

北町奉行所の必殺の構えだ。

この辻斬りは、同じ場所に何度か続けて現れる癖がある。人を斬って猛烈な快感を得ると、それを求めて再び同じ場所に現れる。危険だとか捕らえられるとかは吹き飛んでしまっていると思う。

人を斬りたい狂気なのだ。

夜になると各組の見廻りが始まった。

提灯《ちょうちん》も持たず、いつでも刀を抜けるように星明かりだけをたよりに、ゆっくり周囲を見回しながら慎重に警戒して歩いている。

その頃、辻斬りは番町の暗がりに潜んで、飛び出す機会を狙《ねら》っていた。

辻斬りの闇の前を青田孫四郎と、槍を担いだ島田右衛門が通った。その槍を見て飛び出すのを躊躇《ちゆうちょ》した。

しばらくして倉田甚四郎と松野喜平次が通った。

前が近いと思ったのか、後ろを気にしたのか飛び出さない。

辻斬りはいらいらして刀の柄《つか》を握って小さく震えている。時々、首をピクッと傾《かし》げる。

そこに彦野文左衛門と木村惣兵衛が来た。

文左衛門が塀の闇の中に殺気を感じる。何か動いたようにも見えた。

「木村殿……」

暗闇に近い側に文左衛門が移った。木村惣兵衛は小野派一刀流の使い手、文左衛門は鹿島新当流の剣士だ。

文左衛門が場所をかえた瞬間、辻斬りが動いた。

走りながら抜刀《ばっとう》して突進してくる。

文左衛門が素早く太刀を抜き、辻斬り得意の袈裟斬りの太刀筋をガツッと弾いた。火花が散った。

「おのれッ！」

辻斬りが一撃に失敗、初太刀を弾かれてカッと頭に血が上った。木村惣兵衛が「ピーッ！」と呼子を吹いて太刀を抜き、辻斬りの後ろに回った。

怒った辻斬りが、上段に太刀を上げて文左衛門に斬りつけた。その後ろに惣兵衛が迫った。それに気づいて辻斬りが横に薙《な》ぎ払う。

カツッと惣兵衛の太刀が払うと、また火花が散った。

「くそッ！」

中段に構えた文左衛門が、グッと間合いを詰めた。それを嫌って辻斬りが下がったが、そこには惣兵衛の太刀がある。

相当な剣の使い手でも二対一の勝負は厳しい。ましてや、毎日、奉行所の道場で稽古をしている剣士二人が相手なのだ。文左衛門が一歩、半歩と辻斬りを追いつめる。

そこに呼子を聞いた倉田甚四郎と松野喜平次が、走ってきて闇の中から現れた。既に二人は抜刀している。

戦いに加わって四方から辻斬りを囲んだ。

辻斬りはグイグイと塀に追いつめられた。

「下がれ下郎《げろう》ッ！」

「お家のため死んでいただきます！」

「黙れッ！」

「お奉行の命令ゆえ、まいりますッ、御免ッ！」

「おのれ勘兵衛ッ！」

文左衛門と甚四郎が一気に間合いを詰めた。

「下郎ッ！」

覚悟を決めたのか、辻斬りが上段から文左衛門に踏み込んできた。

その剣先に擦《す》り合わせると文左衛門の剣が辻斬りの左胴に入った。ザバッと深々と斬り貫《つらぬ》いた。

「ゲッ！」

辻斬りが一歩、二歩前に出た。

その眉間《みけん》に甚四郎の剣が上段から斬りつけた。凄まじい止《とど》めの斬撃《ざんげき》だ。辻斬りでも苦しませたくない。

剣を握ったままその場に辻斬りがドサッと倒れた。そこから十間（約一八メートル）ほど離れた塀の暗がりに、辻斬りの家臣が二人平伏して泣いていた。

主人の乱行に家臣は困り果てていたのだ。

「お家のために死んでもらう」

「お奉行の命令だ」

その言葉を聞いて、二人は飛び出さなかった。

「終わった。引き上げよう」

「倉田殿、牛込に伝えてもらいたい」

「承知した」

そこに青田孫四郎と島田右衛門が現れた。

「終わったか？」

「はい、終わりました」

「うむ、顔は見ないでおこう」

「はい……」

倒れた辻斬りに合掌《がっしょう》すると、遺体をそのままに六人が一斉に駆け出した。

明け方になって、牛込からも宇三郎たちが戻ってきた。

全員が揃うと、与力と同心の部屋に寝衣《しんい》の勘兵衛が顔を出した。同心の部屋に出てきたのは初めてだ。

「怪我《けが》人はいないな？」

「はい、全員無事にございます」

「早かったな？」

「はい、辻斬りが番町に現れましたので、すぐ決着がつきましてございます。斬りましたのは彦野殿と甚四郎殿にございます」

青田孫四郎が、かいつまんで奉行に戦いの様子を報告した。

「ご苦労だった。間もなく夜が明ける。仮眠を取れ！」

役宅に帰れと言わない。そんな余裕は奉行所にはなかった。昼の見廻りを早めに切り上げて役宅に帰るぐらいだ。

勘兵衛が奥に消えると、同心たちがおもいおもいにその場に転がった。

宇三郎が長屋に戻ると、お志乃が心配して起きていた。

「お帰りなさい」

「うむ、寝ておればいいのだ」

「はい、少しお休みになりますか、支度はできておりますが?」

「うむ、着替えよう」

宇三郎は勘兵衛の使いで、米津家の領地印旛沼まで走って、家老の林田郁右衛門と面会して俸禄米《ほうろくまい》の検分をするのが毎年のことだ。

家臣にとって俸禄米は大切だ。

旅支度をすると、宇三郎は長屋を出た。もう空は白い。厩《うまや》に向かって馬を引き出した。

第十六章　常盤橋《ときわばし》の決闘

舟月のお文が男の子を産んだ。

金之助とお文は大喜びだが、一緒になる気があるのかないのか、書き役に満足して金之助も暢気《のんき》といえば暢気だが、お文も舟月から離れたくないから二人はだらだらと何んとなくうまくいっている。

相変わらず仲がいい。

金之助も落ちついてきて役宅に毎日泊まっている。お文も大きな腹を抱えて、神田と八丁堀を行き来していた。それが子を産んで身軽になった。

その金之助が勘兵衛に呼ばれた。

「金之助、お文に子ができたそうだな？」

「はい、お陰さまで丈夫な男の子です」

「そうか、ところで跡取りの子も生まれたことだから、どうだ、以前のように外廻りに戻る気はないか？」

「お奉行、ちょうど書き役に慣れてまいりました。このままでは駄目でしょうか？」

「このまま？」

「はい……」

「金之助、お前は本来、外廻りなのだぞ」

「はい、そうですが、書き役の方が合っているように思います」

この男は何んのために外廻りから書き役に役替えになったのかわかっていない。勘兵衛はあきれ返るしかない。

怒る気にもなれない。

「そうか、外廻りに戻すかどうか半左衛門と相談して決める。お前の考えはわかった。下がっていいぞ」

その金之助が勘兵衛の部屋から戻ると、長野半左衛門の前に神妙な顔で現れた。

「どうした。お奉行から何か言われたか？」

「はい、長野さま、お奉行から外廻りに戻るかと聞かれましたので、このまま書き役でお願いしますと申し上げました」

「何んだと？」

「書き役のままでと……」

「おぬし、なぜ書き役になったのかわかっているのか？」

「はい、お文のところに入り浸《びた》って、役宅に帰らないからでございます」

「わかっているならもういいだろう。外廻りに戻れ！」

「長野さま、お文に子はできましたが、二人は何も変わっていません」

「役宅に戻ったではないか？」

「また、舟月に入り浸るかもしれません」

「いいか、その時は切腹だ、金之助。おぬしはわかっていないようだ。今度、そんなことになれば役替えでは済まないぞ」

「それで切腹ですか？」

「舟月もお文もただでは済まない！」

「そうですか……」

半左衛門が散々脅《おど》した。だが、金之助が煮え切らないので、外廻り復帰は沙汰《さた》止《や》みになった。だが、勘兵衛は元に戻した方がいいと考えている。金之助のようにやさしくとぼけた男は見廻りに使いやすい。

数日後、登城した勘兵衛が、それとなく老中に聞いた。

「このところ、急死のお届けのあった旗本はございましょうか？」

「ある。その旗本が何か？」

「格別にはございませんが……」

「そうか、その旗本は二千二百石の大身内藤左門《たいしんないとうさもん》という」

老中安藤直次が、声を小さくして勘兵衛に教えた。

「内藤さま……」

「知り合いか？」

「いいえ、名前は存じ上げておりますが、お会いしたことはございません」

「まだ若いのだが、胸の病だったようだ。弟が家督《かとく》を継ぐことになろう」

「さようでございますか？」

「ところで、駿府からの知らせだが、二丁町から、庄司甚右衛門の娼家が江戸に出てくると知らせがあったのだが？」

「はい、その庄司甚右衛門は日本橋に土地を買って、駿府の鬼屋に江戸の店を建ててほしいと願ったとのことにございます」

「ほう、鬼屋とは三州瓦の鬼師だな？」

「はい、大御所さまの思し召《おぼめ》しで江戸に出て、今は鬼師、屋根師、鳶《とび》、曳《ひ》き屋、大工、左官などを使い、手広くやっております。今や江戸の大親分にございます」

「そうか、それは良い知らせだ。ところでこの頃、あちこちに娼家ができているようだがどうなのだ？」

「はい、今の江戸は男が五、六人に女が一人というほどで、こればかりはいかんともしがたい有様にて、娼家には目を瞑《つぶ》るしかないかと考えております」

「黙認か？」

「従来通りということで……」

「風紀紊乱《びんらん》は困るぞ」

「はッ、南北で力を合わせて厳しくいたします」

老中が納得した。

娼家の問題は江戸だけでなく、大名の城下でも厄介な問題だった。厳しくすればば評判がよくない。ゆるくすればつけ込まれて風紀が乱れ、無宿人や浪人など質《たち》の良くない者の巣窟《そうくつ》になる。

勘兵衛はそれをわかっていた。

江戸は急に大きくなった城下で、雑多な人たちが集まっている。奉行所がどのように取り締まるかが大切だった。

下城すると、宇三郎が印旛沼から戻っていた。

「どうであった？」

「はい、印旛、香取、埴生だけで二千二百石以上ございます。武蔵都筑を入れますと五千石を超えると思われます」

「そうか、それで今年の作柄《さくがら》はどうだ？」

「並みの上と見ておるようです」

「並の上か、相分かった」

米津家は五千石だが、それは表高で実高は千石近く多い。並みの上だとそれに数百石が上積みされる。

「宇三郎、先日、文左衛門が斬った辻斬りだが、二千二百石の大身旗本の内藤左門殿だった」

「では、文左衛門に……」

「いや、半左衛門にだけ伝えて他言無用だ」

この内藤左門の名を勘兵衛が知っていたのは、刀剣《とうけん》好きの旗本として聞いたことがあったのだ。

「内藤左門は胸の病だったそうだ。死に場所を探していたのかもしれぬな？」

「病……」

「うむ、家督は弟だ」

勘兵衛が煙管《キセル》をつかんで煙草を吸おうとする。

「それでは……」

宇三郎が部屋を出た。というより逃げた。

勘兵衛が煙草を吸うとゲホゲホとひどい咳《せき》をする。その上、部屋に煙が広がって煙い。喜与もお幸も逃げるのだ。

苦しそうな咳で見ているのがつらい。

その頃、黒川六之助が上野不忍の商人宿に顔を出していた。まだ、泊まり客が到着する前で、直助は暇そうにしていた。六之助が太刀を鞘ごと抜いて敷台に腰を下ろした。

「久しぶりだな……」

「うん、あまり親父さんのところに立ち寄ると、迷惑をかけるぞってお奉行に叱られたのだ」

「ほう、お奉行さまが、わしのことをか？」

「うむ、月に一度くらいにしておけというのだ」

「そうかい、そうかい、お奉行さまがな、有り難いことだ」

六之助は、猫目の半蔵が正造という名であること、半蔵の小鼻に黒子があること、配下の浪人の顎に刀傷があることを知っていたが言わない。

霞の七郎のことは何もわからなかった。

「猫目と霞のこと、少しはわかったか？」

「いや、中山道のことでほとんどわからないな。手掛かりもないよ」

「中山道じゃねえ……」

「甲州街道か？」

「知らねえ……」

「親父！」

六之助が直助にペコリと頭を下げた。

「また来いや……」

「うん！」

太刀を握ると敷台から立った。隠密裏《り》に動いている同心はあまり奉行所に近づかない。その日も夜になって奉行所の門を潜った。

藤九郎がいて、六之助を勘兵衛の部屋に連れて行った。

「六之助、上野の親父の話か？」

「はい、今日、久しぶりに立ち寄りました。話の中で甲州街道の名が出まして、猫目の半蔵は、甲州街道から江戸入りをするのではと思いました」

「親父ははっきり言わないのだな？」

「知らねえと……」

「藤九郎、今日の内藤新宿は誰だ？」

「本日は池田三郎太と佐々木勘之助にございます」

「誰か残っていないか？」

「宿直当番は与力の中村忠吾殿と吟味方同心の沢村六兵衛《さわむらろくべえ》の二人です」

「六兵衛を内藤新宿に走らせろ！」

「お奉行、それがしもまいります」

黒川六之助が名乗り出た。

「よし、明日の朝にはもっと増員する。見逃すな！」

「はいッ！」

藤九郎と六之助が部屋を出て行った。

「盗賊でございますか？」

喜与は勘兵衛が煙管に手を伸ばさないように話しかけた。沈黙や手持ち無沙汰になると、つい煙管に手が伸びるのだと喜与は気が付いていた。

「凶悪な奴《やつ》だ」

「まあ……」

「もう、五十人以上殺しているようだ」

「そんなに……」

「生かしておけば何人でも殺すだろうよ」

勘兵衛と喜与が話していると藤九郎が戻ってきた。

「明日の朝、文左衛門を鬼屋に走らせて、例の幾松たち三人を借りて甲州街道に行かせろ！」

「承知いたしました」

「念のため、板橋宿にも増員しておけ！」

「はい……」

直助の言葉から、近々猫目の半蔵が江戸に来ると直感した。既に、配下の誰かが江戸に入って仕事場を物色している。それを商人宿の直助が知ったということだろう。

勘兵衛の鋭い勘が、猫目の半蔵を捉えている。

「半蔵、うぬはどこにいる？」

勘兵衛の脳裏には半蔵の顔が描かれていた。

盗賊との知恵比べなのだ。どんな動きをする盗賊なのか想像することが大切だ。それには過去の手口を見ればいい。

中山道で集めた半蔵の手口こそ手掛かりになる。

「お休みになられますか？」

「そうだな……」

手抜かりがないか勘兵衛は考える。

内藤新宿には八人が張り付き、板橋宿には四人が張り付いた。

待つのは長い。二日、三日と過ぎた。

逃げられたままの時蔵の正体もいまだ摑《つか》めていなかった。これ以上、凶悪な盗賊を野放しにはできない。

そんな時、呉服橋御門内の奉行所に近い常盤橋に、日本無双《むそう》と墨書した高札を立てた男がいる。

その男は常陸《ひたち》から来た岩間小熊《いわまおぐま》という。小熊之介《おぐまのすけ》というのが正しいらしい。

そこに朝比奈市兵衛が通りかかった。

「日本無双とは大きいのう」

「お役人さま、この江戸には微塵《みじん》流などと師匠の流儀の名をかえて、さも天下一のように吹聴《ふいちょう》する卑怯《ひきょう》者がおりましてな。亡くなりました師匠に代わって、鉄槌《てっつい》を下さねばならぬのですよ」

「ほう、それがしは小野派一刀流の朝比奈市兵衛と申すが、そこもとの流儀は？」

「これは失礼仕《つかまつ》った。塚原卜伝翁《つかはらぼくでんおう》の弟子諸岡一羽《もろおかいちは》さまの弟子にて岩間小熊之介と申す。師の一羽流を少々やります」

「おう、卜伝さまの孫弟子でござるか。奉行所にも鹿島新当流をやる仲間がおります」

「そうですか、お奉行所には厄介をおかけします」

「存分におやりなされ……」

「かたじけない」

岩間小熊之介が市兵衛に頭を下げた。

その日、奉行所に根岸兎角《ねぎしとかく》の弟子という二人の武家が現れた。

「常盤橋に日本無双の高札を立て、師の根岸兎角に決闘を望んでいるのは、岩間という兎角の弟弟子で卑怯な男です」

そう訴えた。

「それで奉行所に訴えの趣《おもむき》は？」

「訴えというか願いというか、この果たし合いを奉行所で仕切っていただきたい。卑怯な戦いにならぬように……」

話を聞いていた市兵衛は、あっちとこっちではずいぶん話が違うと思った。

「しばらく待て……」

話を聞いた赤松左京之助と市兵衛が宇三郎に話し、お奉行の部屋に向かった。

敵討ちとか仇《あだ》討ちというのはこの後には許可制になったりして、徐々に扱いが厳しくなるがこの頃はまだ決まりが緩《ゆる》く、果たし合いなど武張《ぶば》ったことが好まれる風潮がまだあちこちに残っていた。

「おもしろい話だな。双方を知っているのは市兵衛か、仕切ってやれ。果たし合いの場所は野次馬のことも考えて常盤橋の上でいいだろう」

「承知いたしました。二日後にいたします」

「いいだろう」

お奉行の許可が出て、常盤橋の決闘が決まった。

この決闘の原因を作ったのは、根岸兎角だった。

塚原卜伝翁の弟子、諸岡一羽に三人の力のある弟子がいた。根岸兎角、岩間小熊之介、土子《つちこ》土呂助《とろのすけ》という。

一羽流の開祖《かいそ》諸岡一羽が死病に取りつかれると、根岸兎角が看病を放り投げて逃げ、江戸に出て一羽流を微塵流と名をかえ、自分が開祖であるといい道場を開いて繁盛した。

岩間と土子は家財を売り払ってまで師の看病をした。

その諸岡一羽が亡くなり、二人に兎角が微塵流の道場を開いていると伝わり激怒、師の流儀の名を変えて乗っ取るとは許せない。

二人はくじ引きをして、岩間が江戸に出て兎角と果たし合い、土子は残って道場を守り岩間の必勝を祈ると分担を決めた。

その兎角を引きずり出すために、日本無双と高札を立てた。それに兎角の弟子たちが怒って、奉行所の仕切りで決闘をすることになったのだ。

常盤橋の決闘は双方木刀と決まった。

すると大男の根岸兎角は、木刀に釘《くぎ》を打ち込んで、鬼の持つ金棒のような木刀を下げて現れた。

「いいか、卑怯な振る舞いは許さぬ。尋常の勝負をするように！」

市兵衛が宣言したが、兎角が握る木刀はもう充分に卑怯だ。当たれば大怪我では済まないと思える。

「前に出ろ！」

常盤橋の上に襷《たすき》と鉢巻《はちまき》の二人が現れた。橋の周辺には野次馬が鈴なりになって、堀に落ちるのではないかと思われた。滅多に見られない決闘だ。

橋の上は大舞台のようになっている。

二人は兄弟弟子で、手の内はわかっていた。

剣の腕はほぼ互角の二人だが、兎角には師の看病を放り投げた後ろめたい思いがある。そんな弱気を奮い立たせるための鬼の金棒のように見えた。

遠間《とおま》で構える。

「始めッ！」

市兵衛が戦いを宣言した。

見ている誰もが、岩間小熊之介が追いつめられると思った。互いに中段に構えて遠間から間合いを探っている。ところが、気迫が小熊之介の方が勝っている。

亡き師匠の気迫が小熊之介に乗り移ったように、大男の兎角との間合いを一歩、二歩と詰めていく。それを嫌い兎角が下がる。

橋の上ではお互いに行き場はない。橋の幅は二間半（約四・五メートル）ほどしかなかった。

追い詰められる前に兎角の木刀が上段に上がった。打ち込まれたら木刀が砕けそうだ。それでも小熊之介は間合いを詰める。

なかなか打ち込んでこない。兎角も小熊之介の殺気を感じている。それを見透かしたように小熊之介がグッと前に出た。

そこに打ち込んできた。必殺の一撃だ。

剣先が見えている。

小熊之介が金棒の木刀を軽く弾いて右に回った。再び、グッと間合いを詰める。嫌がって兎角が下がると一歩、二歩と押していく。不用意に下がって、兎角は狭い橋の上で欄干《らんかん》に追いつめられた。

「この野郎ッ！」

兎角が上段に木刀を上げた瞬間、目の前から小熊之介が消えた。

変則的に動いた小熊之介が兎角の足を持ち上げると、大男を欄干に乗せるようにしてひっくり返す。大男を逆さまに堀へドボンと投げ捨てた。

まさか足取りに来るとは考えてもいなかった兎角の油断だ。

おまけに兎角は泳げなかった。

「おいッ、誰か助けてやれ！」

「溺《おぼ》れているのか？」

「溺れ死ぬぞ！」

「みっともねえ野郎だぜッ！」

橋の上や周辺がゲラゲラ下品に大笑いだ。

天下一の剣客が聞いてあきれる。兎角は力を発揮できずに敗れた。

勝った岩間小熊之介は兎角から道場を奪い取った。

この決闘を傍で見ていた朝比奈市兵衛が、おもしろおかしく話すものだから奉行所はどこも大笑いだ。

橋から兎角が落ちるところを、目をむいて、見てきたより滑稽《こっけい》に話すものだから、お幸などは笑い過ぎて腹が痛いと泣き出した。

ところが、この決闘には悲しい後日談がある。

油断した小熊之介は兎角の弟子に騙《だま》され、湯を馳走になり湯殿に入ると、猛烈に湯が熱くなり、湯殿から出ようとするが戸が開かない。

熱さに意識が朦朧《もうろう》となると、湯殿に突入してきた兎角の弟子たちに四方から斬られ絶命する。

一方、決闘に敗れ、江戸にはいられなくなった根岸兎角は、名を信太朝勝《しのだあさかつ》と変えて西国に流れ、微塵流を教え、九州筑前福岡《ちくぜんふくおか》藩主黒田長政《くろだながまさ》に仕える。

微塵流開祖信太大和守《やまとのかみ》朝勝へと出世するのだから、人の邂逅《かいこう》や運命は摩訶《まか》不思議というしかない。

第十七章　七郎《しちろう》

　その頃、内藤新宿の見張りも何度か交代して、見張所の人数も十人を超えて増員され、笠をかぶった者や浪人などの不審者に目を光らせていた。

　水際で猫目の半蔵の尻尾を捕まえようと狙っている。

　厳重警戒に入って十日が過ぎ、半月に近づいたがそんな気配はない。笠をかぶって新宿に入ってきた者が日に数人捕まるが、ほとんどが角筈《つのはず》村など周辺の百姓で「内藤新宿が江戸ですかい？」などという。

「そうだ。江戸ということになるのだ。以後、気をつけるように！」

「へい、そうですか。江戸ですか。すみませんです」

　中には三度目、四度目という男がいて役人も苦笑するしかない。そこが江戸なのか今なお曖昧《あいまい》なのだ。

「またあいつか、懲《こ》りないやつだ」

「あれだけは困ったな」

「お目こぼしか？」

「あれは銭を払って糞尿《ふんにょう》をもらいに来る汲《く》み取りだ。お目こぼしというか、顔見知りだから仕方あるまいよ。おぬしやってみるか？」

「いやいや、あれだけはお役目でも勘弁してもらいたい」

「そんなことを言っていると、お奉行に叱られるぞ。見張りや尾行はあれが一番だ。誰も見向きもしないからな」

倉之助が笑いながら言った。

「汲み取りのお役目か、嫌だな……」

見張りの雪之丞が一気に落ち込んだ。その前を桶《おけ》二つ載せた強烈な臭いが通り過ぎた。

「おい、笠は駄目だぞ！」

「へい……」

慣れたものでヒョイと笠を後ろにはずして背負った。そのすぐ後、笠をかぶった武家が通ろうとした。

「そこのお武家さま……」

汲み取りに気を取られて、見逃しそうになったが松野喜平次が呼び止めた。倉之助と雪之丞が取り囲んだ。

「わしのことか？」

「笠をかぶったまま江戸に入ることはできません」

「何んだと？」

「ご定法《じようほう》にございます」

「いつからだ？」

「米津勘兵衛さまがお奉行になられましてからです」

「そうか……」

「お取り願います」

「相分かった……」

武家が笠を取ると顎紐に隠れていた刀傷が現れた。倉之助が黙ってその場を離れると見張所に入った。

「恐縮ですが、お名前と藩名をお聞かせ願います」

喜平次は刻《とき》を稼ごうと食い下がった。

「甲州浪人、野中又左衛門《のなかまたざえもん》と申す……」

「甲斐からでござるか、江戸での滞在は長くなりますか？」

「いや、知り合いに会うためでござる。五日ほどで戻るつもりだ」

「承知しました。足止め失礼した。江戸城下での笠はくれぐれも遠慮願いたい」

「わかった」

眼光鋭く、この浪人は相当の人を斬っていると思わせる殺気がある。倉之助と野中又左衛門がすれ違った。倉之助は小野派一刀流の遣《つか》い手だ。

「すごい殺気だな？」

「ああ、斬られるかと思った。甲州浪人野中又左衛門と名乗ったぞ」

「見たか、腰の長いの、あれは二尺八寸（約八四センチ）の長い大物だぞ。相当な腕がないと使いこなせない刀だ」

「重そうだった」

「あの男を倒すのは難儀だぞ」

「市兵衛殿と幾松、嘉助の三人が追った」

「気づかれないといいが？」

「大丈夫だ」

倉之助は自分と同じ小野派一刀流の朝比奈市兵衛を信じている。

「次は小鼻の黒子《ほくろ》だ」

「胡麻粒《ごまつぶ》ほどというから小さいな」

「見落としそうだ」

「笠をかぶって来てくれるといいが……」

「そう都合よくいくものか」

「だろうな……」

この時、半蔵の配下は続々と甲州街道を江戸に向かっていた。だが、その中に半蔵はいなかった。

警戒心の強い半蔵は、一人で中山道から江戸に入ろうとしていた。

百姓姿の半蔵は頰っかぶりで、弱点の小さな黒子を土汚れで隠している。その半蔵を板橋宿の赤松左京之助と本宮長兵衛が見落とした。

易々《やすやす》と江戸に入られた。

その後を霞の七郎とお繁《しげ》、用心棒の石倉左兵衛《いしくらさへえ》が一緒に追ってきていた。

「仙太郎、あの三人を追ってみろ。江戸のどこに入るかを確かめて、奉行所の長野さまに伝えてくれ！」

何を怪しいと思ったのか左京之助が命じた。

「承知いたしました」

「戻って来いよ」

「へい！」

仙太郎が着流しの遊び人風で三人を追った。七郎は巣鴨《すがも》村で中山道から道を変えて上野不忍に向かうと、直助の商人宿に入った。

それを確かめると、何も知らない仙太郎は、奉行所に走って長野半左衛門に報告をし、板橋宿に走って戻った。

「親父、銀蔵《ぎんぞう》の居場所を知らないか？」

「この江戸にいるのか？」

「ああ、半蔵の手下に鞍替《くらが》えしやがった」

「裏切りで？」

「おれの仕事を半蔵に売りやがったのよ」

「何んということを、あの銀蔵が仕事を売るとは、それでここに近づかないのだろう」

「どこに潜《もぐ》り込んでいるかわからないか？」

「調べるのに十日ばかりかかるが？」

「十日では仕事が終わる。奴らはここ二、三日でやらかすつもりだよ」

「二、三日か、難しいな」

「親父、今度北町の奉行になった米津勘兵衛とはどんな男だ？」

「あの人には近づかねえほうがいい。兎《と》に角《かく》切れる。町奉行に大御所さまが直《じか》に選んだというから半端じゃねえ。今頃、猫目には手が回っているかもしれねえな」

「そんなにか？」

「ああ、黄牛《あめうし》の登兵衛一味が一網打尽にされた。この辺りにも出没した袈裟斬りの辻斬りがいつの間にか現れなくなった。あの奉行には油断するな」

「それほどか、わかった」

その頃、直助が言うように、内藤新宿で捕捉《ほそく》された野中又左衛門の追跡に成功、牛込の百姓家に入ったところまでわかっていた。

その百姓家は長野半左衛門の手配りで厳重に見張られている。だが、そこに半蔵はいなかった。一日、二日と動きがなく、三日目の夕刻に野中又左衛門と一味が動いた。

一人ずつ百姓家を出ると神田に向かった。

江戸は地理的に大きく二つに分かれて城下が整備されようとしていた。一つは江戸城から西に広がる武蔵野台地に旗本屋敷や大名屋敷、寺院などを集めていた。後に山の手といわれる地区だ。

もう一つは江戸城から東の方で、日比谷埋め立て地から北や東など後に下町と呼ばれる区域である。この頃既《すで》に住み分けができていて、日本橋から神田方面、上野方面に商家が多く発展し始めていた。

兎に角、人、物、銭の動くところは放置しても発展する。

江戸城から東はそんなところで種々雑多な喧騒《けんそう》の町だった。逆に武蔵野台地の上はどこか物静かで、発展性に乏しい町になりつつあった。

それは江戸城の場所に原因がある。江戸城の濠《ほり》は西側が深く東側が浅いのだ。つまり江戸城は海に突き出す武蔵野台地の先端にあるということだ。

「浪人を追え！」

野中又左衛門の向かったのは神田の小さな店で、線香や蠟燭《ろうそく》、数珠《じゆず》などを売る仏具の小間物屋だった。通りから外れて客の少ない銀蔵の店だ。

そこに猫目の半蔵は潜《ひそ》んでいた。

野中又左衛門、弥七《やしち》、幾造《いくぞう》、四郎《しろう》、平助《へいすけ》、小六《ころく》の六人が集まってきた。全員が捕捉された。食いついたら離さないのが北町奉行所の流儀だ。どんな小さな手掛かりでもギリギリとこじ開けて敵の急所をつかむのだ。

「お頭、仕事はいつです？」

「そう、慌てるな。銀蔵がにらんだ大店だ。五、六千両は下らねえ仕事だ」

「ろ、六千両……」

「そんなに運び出せないのでは？」

「だから助っ人を五人頼んである。心配するな」

「お頭、そんな助っ人を頼んだりして大丈夫ですか。六千両ですよ」

「そうだ。そ奴ら後で山分けなどというのでは？」

「ああ、一人五百両くれというから、後腐れのないように五人は仕事の後に殺すことにした。野中さんお願いします」

「分かった。刀の損料《そんりよう》、一人三十両、五人で百五十両だ。これは分け前の他だ」

「いいだろう。一人三十両は安い。五十両にしよう」

「二百五十両か、承知！」

話がまとまった。

この五人の助っ人は、巣鴨村の百姓家で盗人宿《ぬすっとやど》をしている元造《もとぞう》が口を利くことになっていた。盗人宿と書いてあるわけでもなく、知らず知らずにそういう連中が使うようになった。

その元造の家に上野不忍の直助が現れた。

「直さん、元気かい。何年ぶりだ？」

「四年になるかな」

「そうだな。何もないが、まずは上がれや……」

同じ年恰好《としかっこう》の老人だ。

「この辺りはいいな」

「そうか、江戸は繁盛していると聞くぞ」

「ああ、繁盛はしているが、人が集まると質の悪いのも増える」

「そうだな。浪人も多すぎる。すぐ人を斬りたがるよ」

「ああ、その人斬りの一人と言ってもいいだろう。お前さん猫目の半蔵を知らないか？」

「ん、何んでそんなことを聞く？」

「弟の七郎が探しているのだ」

「ほう、あの兄弟は犬猿だと聞いたが、仲直りしたのか？」

「それは知らないが、猫目よりも蛙鳴《あめい》の銀蔵を探していると言った方がいいかな」

「そうか、その蛙《かえる》なら神田にいるよ」

元造があっさりと話した。

「神田の小さな仏具屋だ」

「そうか、ところで、最近猫目が立ち寄らなかったか？」

「知らないな。江戸に入ったのか？」

「わからないがそんな噂を聞いた。今の江戸は猫目のような荒っぽい仕事は危ない」

「北町奉行か？」

「ああ、もしここに立ち寄ったら危ないと言ってくれ……」

「わかった」

直助は半蔵がもう江戸に入っていると直感した。

元造が猫目を知らないはずがない。この盗人宿を使う盗賊は多い。江戸と板橋宿の中間で使い勝手がいいからだ。

「時には江戸に出てきたらどうだ？」

「そうだな。根津権現まで行けばすぐか？」

「ああ、根津の権現さまから半里もねえ」

「そうか。今度行ってみよう。ずいぶん変わっただろうからな？」

「茶屋がずいぶん増えた」

「出合茶屋か？」

「うむ、色々な茶屋だ」

「泊まりがけになるか？」

「日帰りで充分だ。これから帰れば申《さる》の刻（午後三時～五時）前に帰れる」

「達者だな？」

「うん、達者なのは口と足だけだ」

直助は半刻ほど元造と話して帰り道に出た。

何を隠しているのだろうと元造のことを考えながら歩く。それにしてはあっさりと銀蔵のことを話したと思う。

その神田の銀蔵のところに半蔵がいることは間違いない。

元造は猫目の半蔵から何かを頼まれて、小判をつかまされているのではないかと思い当たった。だとすれば何も喋らないはずだ。

「助っ人か？」

半蔵が元造に頼むとすればそんなところだ。

何人の助っ人かわからないが、荒っぽい仕事は手伝い賃がいいので、助っ人を請《う》け負う者は少なくない。

「また何人も殺すつもりだ」

そんなところに七郎が近づけば兄弟でも殺されかねない。

七郎も元造のことは知っているはずなのに、立ち寄らずに直助に会いに来た。それは七郎が元造を信用していないからだと思う。

直助は不忍の商人宿に戻ってきたが、口を堅く閉じて元造との話の内容は何も言わない。七郎を半蔵に近づけたくないからだ。

夜になって、神田の仏具小間物屋に五人の助っ人が入った。

その時既に、北町奉行所の与力と同心が、銀蔵の店を遠巻きに取り囲んでいた。内与力の彦野文左衛門と与力の長野半左衛門が指揮を執っている。

青田孫四郎、赤松左京之助、倉田甚四郎、本宮長兵衛、木村惣兵衛、林倉之助、朝比奈市兵衛、小栗七兵衛《おぐりしちべえ》、黒川六之助、島田右衛門などの精鋭が出動している。

珍しく村上金之助も駆り出されていた。包囲の見張りの輪が縮んで捕り方が四方の道を塞いだ。

文左衛門が潜り戸を蹴破ると土間に飛び込んだ。

「猫目の正造ッ、神妙にしろッ！」

酒を飲んでいた一味が一斉に立ち上がると灯《あ》かりを消した。「正造ッ！」と本名で呼ばれて猫目の半蔵は仰天、すべて調べられていると直感した。

「正造ッ、又左衛門ッ、表に出ろッ！」

「うるさいッ！」

青田孫四郎と倉田甚四郎の与力二人が、文左衛門の左右に立って暗闇をにらんでいる。外には半左衛門が立って盗賊が出てくるのを待っている。

店の戸が中から蹴破られて、月明かりに匕首を光らせて盗賊が一人、二人と外に飛び出してきた。

「捕らえろッ！」

戦いは屋内外に広がって乱闘になった。

野中又左衛門は半蔵を庇《かば》いながらも強い。小野派一刀流の青田孫四郎、木村惣兵衛、朝比奈市兵衛、林倉之助の四人が囲んだ。

そこに柳生流の倉田甚四郎が加わった。

野中又左衛門がどんなに強くても、この五人を斬り倒して逃げるのは不可能だ。

「野中又左衛門は斬り殺せッ、正造は生け捕りにしろッ！」

半左衛門が決断、その傍で文左衛門が戦いを見ている。一人捕まり、二人捕まり盗賊が次々と捕らえられた。

その中に銀蔵や助っ人の五人もいた。

豪刀を振るう野中又左衛門も五人が相手では容易ではない。青田孫四郎は肩を薄く斬られたが、又左衛門の腰を浅く斬っていた。

相打ち覚悟でないと野中又左衛門を傷つけることができない。

木村惣兵衛が踏み込み、朝比奈市兵衛が踏み込むが又左衛門に跳ね返される。疲れを待つしかないようだと倉田甚四郎が少し下がった。

そこに又左衛門が突っ込んでくる。

左右から林倉之助と青田孫四郎が、その又左衛門に斬りつけて邪魔をする。一進一退の戦いが続いた。

半蔵の手下と助っ人がみな捕まった。

何を思ったのか文左衛門がつかつかと野中又左衛門に近づいて太刀を抜いた。

「野中又左衛門ッ、来いッ！」

文左衛門が中段に構える。それを又左衛門が肩で息をしながらにらんだ。

気味悪い殺気だ。

それを気にする風もなく文左衛門が間合いを詰める。奉行所の道場で文左衛門から一本取れるのは藤九郎と勘兵衛ぐらいだ。文左衛門は相当に強い。

又左衛門も強気に間合いを詰める。

文左衛門は野中又左衛門の剣技を見て、自分と同じ鹿島新当流ではないかと思ったのだ。

上段に上がった又左衛門の剣が斬り込んできた。

それを弾くとカチッと火花が散った。その瞬間、文左衛門の太刀が又左衛門の胴へ見事に入った。前にたたらを踏んで家の壁にぶつかると又左衛門がズルッと両膝をついた。

「みごと……」

「又左衛門、新当流だな？」

文左衛門が聞いた。それに又左衛門が小さくうなずいた。

「いい剣だ……」

文左衛門は又左衛門が同じ流派と悟《さと》って、胴をがら空きにして自ら斬られにきたのだと思う。それは文左衛門にしかわからない。

壁を向いた座禅のような恰好で野中又左衛門が息絶えた。人斬りに落ちてしまった名門鹿島新当流の剣士の最期だ。

彦野文左衛門は涙をこらえた。これでいい、又左衛門の悲しい生き方が終わったのだと思う。

猫目の半蔵は又左衛門が斬られると、匕首をポイッと無造作に捨て、道に安座《あんざ》すると縛り上げられた。半蔵の配下が六人、助っ人が五人の十二人が捕縛された。

捕り物は舟月の近くで、お文と父親が出てきて野次馬になっていた。その前を金之助が知らぬふりで通り過ぎる。

半蔵一味は奉行所の仮牢に放り込まれた。

夜明けが近く、勘兵衛が起きて捕り物の結果を待っていた。文左衛門と半左衛門の報告を聞き黒川六之助を呼んだ。

「六之助、半蔵の顔を見たか？」

「はい……」

「疲れたか、眠そうだな」

「いいえ、大丈夫です」

「そうか、ならばもう一人の半蔵を捕まえてこい」

「七郎？」

「不忍の親父のところに行ってみろ。捕り方を十人ばかり連れて行け……」

「はい！」

勘兵衛は見廻りの駒井弥四郎に命じて、商人宿を見張らせていた。三人づれで逗留《とうりゅう》しているのが七郎だろうと見ている。

もし七郎が逃げてしまえば、直助が逃がしたのだから仕方がないと思っていた。だが、何も知らない七郎はまだ商人宿にいた。

「御免！」

夜が明けたばかりの早朝、商人宿の客は宿から出始めている。

「黒川さま！」

「親父、お奉行が霞の七郎をお呼びなのだ。いるか？」

「お奉行さまが？」

「いるなら、呼んできてくれぬか？」

「お待ちを……」

直助が階段を上っていった。すぐ、七郎とお繁、石倉左兵衛が下りてきて三人が敷台に正座する。六之助は驚いた。

さっき奉行所で見たばかりの半蔵が目の前にいる。

「七郎でございます。ご厄介をおかけいたします」

「神妙である。奉行所に同道してもらいたい」

「承知いたしました」

すべてを悟ったように清々《すがすが》しい顔の七郎だ。奉行所の役人が呼びに来たということは、兄の猫目の半蔵こと正造が捕まったことを意味する。

「親父さん、世話になった。向こうで会おう」

「七郎……」

死を覚悟した三人だ。

その三人が表に出ると捕り方が縄をかけようとした。

「いや、縄はいい」

六之助は縄で縛って通りを行くのを避けた。

「行こう」

歩き出すと直助が店の仕事を投げ捨ててついてくる。

「親父、お前はいいのだ」

「黒川さま、わしからお奉行さまに申し上げることがある。一緒に行かせてくれ、頼む！」

「親父、お前？」

「頼むよ！」

「そうか……」

何も言わず六之助が歩き始めた。

奉行所に着くと七郎とお繁、石倉左兵衛の三人は砂利敷の筵《むしろ》に座らされ、直助は宇三郎に連れられて奥の庭に連れていかれた。

縁側に喜与がいて、勘兵衛は庭の花を切りお幸に渡している。

「お奉行、不忍の直助を連れてまいりました」

宇三郎が告げると直助が地べたに座り平伏する。勘兵衛が切った花と鋏《はさみ》をお幸に渡す。

「親父、顔を見せろ……」

「へい！」

顔を上げると目の前に勘兵衛が立っている。

「六之助がいつも世話になっているそうだな。礼を言う」

「勿体《もったい》ないことで……」

「それで、わしに話があるそうだな？」

「恐れながら、七郎を助けてもらいたいんで……」

「七郎を？」

「はい、あいつは悪い奴ではございませんのです」

「だが、人の者を盗ったではないか？」

「そうなんですが、こんな小さい時に親を亡くしまして、食うものもなく、仕方なく盗みを覚えたのです」

「それは半蔵も同じであろう」

「お奉行さま、七郎は一人も殺しておりません。半蔵に殺しを止《や》めさせようとしておりやしたので、なにとぞ、命ばかりはお助けを……」

老人の必死の助命嘆願だ。だが、できることとできないことがある。

「親父も砂利敷に座らせておけ！」

「はッ！」

「お奉行さま、この親父の命に代えまして！」

「直助、立て！」

宇三郎が直助をお調べの砂利敷に連れていった。

「喜与、どう見た？」

「あのお爺《じい》さんは七郎という人を好きなのでしょう」

「なるほど……」

「自分の子のように思っているようです」

「そうか……」

人のやさしさは初見でも伝わるらしい。

しばらくすると裃《かみしも》に袴《はかま》の登城姿で勘兵衛が公事場に現れた。

四人が平伏する。

「わしはこれから登城するが、帰ってくるまでに四人に考えてもらいたいことがある。ここは公事場だが、これから申すことは奉行の独り言だ。七郎は直助の養子になること。お繁は七郎の嫁になること。石倉左兵衛は武士を捨てること。この三つが揃うなら、直助の助命嘆願に免じて三人を無罪放免にする。考えておけ……」

座を立つと勘兵衛が奥に消えた。

直助は思わず合掌して勘兵衛を拝《おが》んだ。助かる。そう思った途端にポロポロ涙がこぼれてきた。

解説――捕物帳の歴史を革新した卓越の時代小説・岩室版『鬼平犯科帳《おにへいはんかちょう》』

文芸評論家　末國善己《すえくによしみ》

織田信長《おだのぶなが》を主人公にした歴史小説は、天才的なイノベーターとして評価する作品から、部下を使い捨てるブラック企業の経営者になぞらえ批判的に捉《とら》える作品まで多岐にわたっており、新しい視点は生まれないと考えていた。その思い込みを覆《くつがえ》してくれたのが、岩室忍《いわむろしのぶ》の『信長《のぶなが》の軍師《ぐんし》』だった。この作品は、戦国時代の武家と宗教勢力、武家と朝廷の関係に従来とは違った角度からアプローチし、歴史ファンの支持を集め、現在もロングセラーを続けている。

その後も著者は、信長を語る上で避《さ》けては通れない本能寺《ほんのうじ》の変《へん》に独自の解釈で切り込んだ『信長の軍師外伝　本能寺前夜』、本能寺の変で信長を討《う》った明智光《あけちみつ》秀《ひで》の生涯と実像に迫る『信長の軍師外伝　天狼《てんろう》　明智光秀』などを発表し、高く評価されていることは、改めて指摘するまでもあるまい。

歴史小説作家としてキャリアを積んできた著者の初の時代小説が、江戸北町奉行所の初代奉行・米津勘兵衛田政《よねづかんべえただまさ》を主人公にした本書『弦月《げんげつ》の帥《すい》』である。

といっても、三河《みかわ》時代から松平家《まつだいらけ》（後の徳川《とくがわ》家）に仕えた譜代《ふだい》の名門・米津家に生まれた勘兵衛は、家康《いえやす》と息子の秀忠《ひでただ》の下で、徳川家と豊臣《とよとみ》家が直接対決した小牧《こまき》・長久手《ながくて》の戦い、豊臣秀吉《ひでよし》が全国の大名に動員をかけた小田原征伐《おだわらせいばつ》、秀忠が真田昌幸《さなだまさゆき》に翻弄《ほんろう》された第二次上田《うえだ》合戦など有名な合戦に参加した実在の人物で、江戸町奉行所が一奉行所から北と南の二奉行所体制に変わった慶長《けいちょう》九年（一六〇四）に、初代の北町奉行に任じられたのも史実である。

　著者は、二〇年の長きにわたり北町奉行を務めながら一般的な知名度が低い勘兵衛を歴史の大海から掬《すく》い上げ、架空の兇悪《きょうあく》犯罪から江戸を守るヒーローに変えた。作中の勘兵衛は、事件解決のためなら両手、両足を背中の後ろで縛《しば》って空中に吊《つ》り上げ、それでも自白しないと背中に石を乗せる拷問《ごうもん》「駿河問状《するがもんじょう》」（駿河問い）を平然と命じる〝鬼〟の一面と、辻斬《つじぎ》りの犠牲になった武士の家を守るため事件として処理しなかったり、やむにやまれぬ事情で犯罪に走った者には立ち直る機会を与えたりする〝仏〟の一面を持つ懐《ふところ》の深い人物とされている。

　こうした設定は、激務であるため短期間で変わっていた火付盗賊改方《ひつけとうぞくあらためかた》を計八年務めたが、歴史学者が無宿人《むしゅくにん》や軽犯罪者に職業訓練を受けさせる人足寄場《にんそくよせば》を作った史実を評価しているくらいのマイナーな旗本を、池波正太郎《いけなみしょうたろう》が、悪党には容赦《ようしゃ》しないが、情け深くもあるという複雑な人物像を与えて『鬼平犯科帳《おにへいはんかちょう》』の主人公にしたことで国民的なヒーローになった長谷川平蔵宣以《はせがわへいぞうのぶため》を思わせる。

池波は、「鬼平」こと平蔵や配下の与力、同心、密偵だけでなく、時に敵対する犯罪者を軸にしたハードボイルドタッチの物語を作ることで、親分と子分の軽妙なやり取りで物語を進める捕物帳のパターンを打ち破った。長崎《ながさき》奉行所の裁判記録である「犯科帳」をタイトルに使ったのも、『鬼平犯科帳』が類型的な捕物帳とは一線を画していると明確に区別する意図があったとされている。

時代小説に新風を送り込んだ池波と同じように、著者も時代小説では定番の江戸町奉行所ものを、今までにない舞台とアイディアを導入することで革新した。その意味で本書は、池波の精神と方法論を正統的に受け継ぎ、令和《れいわ》の世に誕生した岩室版『鬼平犯科帳』といっても過言ではあるまい。

まず本書を読んで驚かされるのは、歴史小説を書いてきた著者らしく、虚実の皮膜を操《あやつ》る確かな手腕である。

江戸北町奉行に抜擢《ばってき》された勘兵衛は、悪人は「こそこそと顔を隠して悪さ」をするので、「江戸の中では笠《かさ》をかぶることを禁」じる法令を出したいと家康に進言し認められる。これは史実で、『徳川禁令考《とくがわきんれいこう》』には、勘兵衛が「何にても面をふかく顔をつゝみ又はあみ笠を着」ることを禁じ、違反した者を取り締まる命令を出したとある。作中では、笠を禁じる法令を知らず江戸に入った時蔵《ときぞう》と、その動きが怪しいと睨《にら》み尾行をする勘兵衛配下の息詰まる攻防が活写されており、史実を巧《たく》みに使ってサスペンスを盛り上げる展開には圧倒されるだろう。

勘兵衛が北町奉行になったのは、家康が江戸に幕府を開いたものの、まだ豊臣秀吉が築いた難攻不落の大坂城には跡継ぎの秀頼《ひでより》が暮らし、西国には秀吉恩顧《おんこ》でいつ幕府に叛旗《はんき》を翻《ひるがえ》してもおかしくない大大名も多いなど、戦国の殺伐《さつばつ》とした空気を色濃く残していた時代である。剣術が武士の嗜《たしな》みになるのは、大坂の陣で豊臣家が滅亡した元和偃武《げんなえんぶ》以降であり、まだ戦場往来の猛者《もさ》が巷《ちまた》を闊歩《かっぽ》していた江戸時代の黎明《れいめい》期は、戦場で確実に敵の鎧《よろい》を貫《つらぬ》ける槍《やり》が主流だった。本書でも、勘兵衛はもちろん、配下にも槍の名手がいて、盗賊を相手に刀と槍が入り乱れる派手な戦闘が何度も繰り広げられる。また、〝徳川四天王〟の一人に数えられる本多忠勝《ほんだただかつ》や、戦国末期から江戸初期にかけて徳川家の財政を支えた大久保長安《おおくぼながやす》、病に倒れた師を見捨てた兄弟弟子と決闘した剣客の岩間小熊《いわまおぐま》（小熊之介《おぐまのすけ》）ら、歴史上の有名人が思わぬ場所で顔を出すのも面白く、これも本書の読みどころの一つとなっている。

本書には、家康に才能を認められ、金山銀山の開発や勘定奉行として辣腕《らつわん》を揮《ふる》った大久保長安を主人公にした著者の歴史小説『信長の軍師外伝 家康の黄金《おうごん》』と重なるエピソードもあるので、一読をお勧めしたい。

時代小説を読み慣れていると、江戸町奉行所が出てくるだけで、北町と南町は管轄《かんかつ》する地域が違うのではなく月ごとに担当が変わっていたことや、町奉行所の支配が及ぶのは墨引《すみびき》の中までだったこと、市中の警備と刑事事件の捜査を担当するのが、定廻同心《じょうまわりどうしん》、臨時《りんじ》廻同心、隠密《おんみつ》廻同心からなる三廻（廻り方）であるといったことは、理解しているのではないか。ただ、こうした制度が確立するのは、江戸中期以降で、勘兵衛が活躍した時代の町奉行所は、まったく違ったシステムで動いていた。風が強い日に昼夜を問わず見廻り、火災の予防や犯罪の取り締まりを行った風烈廻《ふうれつまわり》昼夜廻与力は、小杉健治《こすぎけんじ》の人気シリーズ〈風烈廻り与力・青柳剣一郎《あおやぎけんいちろう》〉（祥伝社文庫）で有名になったが、勘兵衛の時代はまだ役職が細かく分かれておらず、風烈廻昼夜廻与力は存在していなかった。定廻同心は後に三廻と呼ばれる役割をすべて担当しており、墨引も決まっていなかったので、町奉行所の同心が江戸市中を離れて下手人を追うことも珍しくなかった。本書で描かれる北町奉行所の仕事は、時代小説でお馴染《なじ》みの江戸後期以降とはまったく異なっているので、新たな発見も多く興味が尽きない。

勘兵衛が、裁きを行う公事所《くじしょ》、悪人を収容する仮牢《かりろう》、奉行の住居の役宅の建設、部下を適材適所に配する人事、多忙で不足する人員の手配、次々と起こる事件の指揮などを通して、江戸町奉行所という新たな組織を作っていくプロセスは、ビジネス小説のような楽しさがある。

江戸町奉行所と同じように、神田山《かんだやま》（現在のＪＲ御茶《おちゃ》ノ水《みず》駅周辺）を崩《くず》して日《ひ》比谷入江《びやいりえ》（現在の日比谷公園周辺）を埋め立てるなどの天下普請《ぶしん》が続き、江戸城も建設中だった江戸の町も、完成とは程遠い状況にあった。現代人がイメージする江戸は明暦《めいれき》の大火後の都市計画で造られたものなので、本書とはかなり風景が異なっている。あまり時代小説に描かれることのない最初期の江戸も物語に華を添えていて、家康に江戸の建設を命じられた五人の人物に着目した門井慶喜《かどいよしのぶ》『家康、江戸を建てる』（祥伝社文庫）と併《あわ》せて読むと、作品世界がより深く理解できるはずだ。

建設が続く町で、まだ十分な組織固めもできていない北町奉行として働く勘兵衛に着目しただけでも著者は新しい時代小説の型を打ち立てたといえるが、さらに趣向を盛り込んでいる。それが、幾つも事件を同時並行して捜査するモジュラー型の採用である。モジュラー型のミステリは、Ｊ・Ｊ・マリックの〈ギデオン警視〉シリーズから始まり、エド・マクベインの〈87分署〉シリーズ、Ｒ・Ｄ・ウィングフィールドの〈フロスト警部〉シリーズなど、海外の警察小説ではお馴染みである。ただ日本では、現代ものの警察小説でも、時代小説版警察小説といえる捕物帳でも、モジュラー型の作品は多くない。この空白域に挑んだ著者は、終盤まで凶暴な盗賊、凄腕《すごうで》の辻斬りなどが暴れまわり、それを勘兵衛の命を受けた与力、同心が追うスリリングな物語を作ることに成功しており、本書を発表したことで捕物帳の歴史に新たな足跡を残したといえる。

勘兵衛は、出羽山形藩《でわやまがたはん》の最上《もがみ》家で起きたお家騒動では改易《かいえき》される最上領を接収する使者を務めたり、捕縛された町奴《まちやつこ》の大鳥逸平《おおとりいつぺい》の取り調べを行ったりと、重要な案件にかかわっている。作中では、勘兵衛は大久保長安と親しいとされているが、大久保家は長安の死後、徹底して弾圧されるなど悲劇に見舞われている。史実の隙間《すきま》にフィクションを織り込みながら進む勘兵衛の物語が、これらの事件をどのように描いていくのかも含め、シリーズの今後が楽しみでならない。

弦月の師

一〇〇字書評

切り取り線

購買動機（新聞、雑誌名を記入するか、あるいは○をつけてください）	
□（　　　　　　　　　　）の広告を見て	
□（　　　　　　　　　　）の書評を見て	
□ 知人のすすめで	□ タイトルに惹かれて
□ カバーが良かったから	□ 内容が面白そうだから
□ 好きな作家だから	□ 好きな分野の本だから

・最近、最も感銘を受けた作品名をお書き下さい

・あなたのお好きな作家名をお書き下さい

・その他、ご要望がありましたらお書き下さい

住所	〒				
氏名		職業		年齢	
Eメール	※携帯には配信できません		新刊情報等のメール配信を 希望する・しない		

この本の感想を、編集部までお寄せいただけたらありがたく存じます。今後の企画の参考にさせていただきます。Eメールでも結構です。

いただいた「一〇〇字書評」は、新聞・雑誌等に紹介させていただくことがあります。その場合はお礼として特製図書カードを差し上げます。

前ページの原稿用紙に書評をお書きの上、切り取り、左記までお送り下さい。宛先の住所は不要です。

なお、ご記入いただいたお名前、ご住所等は、書評紹介の事前了解、謝礼のお届けのためだけに利用し、そのほかの目的のために利用することはありません。

〒一〇一‐八七〇一
祥伝社文庫編集長　坂口芳和
電話　〇三（三二六五）二〇八〇

祥伝社ホームページの「ブックレビュー」からも、書き込めます。
www.shodensha.co.jp/bookreview

祥伝社文庫

初代北町《しょだいきたまち》奉行《ぶぎょう》　米津《よねづ》勘兵衛《かんべえ》　弦月《げんげつ》の帥《すい》

令和 3 年 4 月 20 日　初版第 1 刷発行

著　者　岩室忍《いわむろしのぶ》
発行者　辻　浩明
発行所　祥伝社《しょうでんしゃ》
東京都千代田区神田神保町 3-3
〒 101-8701
電話　03（3265）2081（販売部）
電話　03（3265）2080（編集部）
電話　03（3265）3622（業務部）
www.shodensha.co.jp
印刷所　堀内印刷
製本所　ナショナル製本
カバーフォーマットデザイン　中原達治

 ISBN978-4-396-34710-9 C0193